KB035086

손톱

일러두기

1. 이 책은 마키노 신이치牧野信一의 단편소설 「손톱爪」(1919), 「I Am Not A Poet, But I Am A Poet」(1920), 「제론ゼーロン」(1931), 「병세病状」(1934)를 우리 말로 옮긴 것이다.
2. 각주는 옮긴이가 넣은 것이다.

손톱

마키노 신이치 단편선

안민희 옮김

爪

북노마드

차례

손톱

1919

爪

추운 밤이었다. 밀폐된 방 안에서 벌겋게 불을 지 핀 화로를 옆에 끼고 그는 앉아 있었다. 아직 초저 녁인데도 주변은 적막할 만큼 아무 소리도 들리지 않았다.

그는 이삼일 전부터 몸이 아프다는 핑계로 방 안 에 틀어박혀 있었다. 딱히 어디가 아픈 건 아니었지 만, 계속해서 자기만 한 탓인지 머리가 텅 빈 것 같 고 아득한데다 묵직한 취기가 들러붙어서 일어나야 겠다는 결심이 서지 않았다. 몸이 근질거렸지만 정 신은 쉬이 돌아오지 않았다. 사실 그에게는 자주 있 는 일이었고, 신선한 감각을 조금만 맞닥뜨리면 금 방 낫곤 했다.

방에는 담배 연기가 자욱할 정도로 가득하다. 정 오까지 자고 남은 반나절을 담배와 진한 커피로만 지내 더 멍해진 터였다. 하지만 그는 손에서 담배를 놓으려 하지 않았다. 금붕어처럼 뻐끔뻐끔 연기를 들이마시고 내뱉었다.

그는 '빨리 나았으면 좋겠다' 하며 그저 조바심만 냈다. 벌렁 드러누웠다가 다시 몸을 일으켜 앉았다. 이따금 커다란 목소리로 아무 노래나 마구 불렀다. 무의식중에 헛소리를 지껄이고 있는 제 모습이 우스꽝스러워서 갑자기 혼자 웃음을 터뜨리기도 했다.

"쳇."

그는 혀를 찼다. 그러고는 바로 자리에서 일어나 옷깃을 여미고 허리띠를 고쳐 매도 정신이 돌아오지 않자, 이놈의 자식을 혼쭐내주겠다는 듯이 제 손으로 제 머리를 한 대 퍽 때렸다. 그러고 나니 또 이런 요란스러운 모습이 우스워졌다. 슬그머니 식은 땀이 흐르는 것을 느끼며 누군가 볼세라 주변을 둘러보기도 했다.

결국 다시 드러누워 빈둥거리는 수밖에 없었다. 멍하니 천장을 바라봤다. 또 큰 목소리가 튀어나올 것만 같았다. 손은 어느샌가 담배를 만지고 있다. 이러한 동작들이 무심코 되풀이되었다.

그는 아무 생각 없이 조용히 앉아 있었다.

잘 때도 화장을 할 정도로 잘 꾸미고 활달한 성격인 그의 사촌여동생 미치코는 마침 목욕을 마치고 나와 입술과 얼굴에 화장을 다시 하고 기세 좋게 쿵쿵거리며 계단을 올라와서 거칠게 그의 방문을 열었다.

"뭐 하는 짓이야!"

하마터면 그는 미치코에게 크게 화를 낼 뻔했다.

"어머, 연기 너무 심하다, 이건 독이야!"

미치코는 얼굴을 찡그리며 손을 내저어 연기를 내보내고 그의 옆에 앉았다.

"아, 아파, 너무 아파. 머리가 이렇게 아프니 어쩔 수가 없어."

머리가 아프다고밖에 자신의 병을 설명할 방법이 없었기에 그는 아주 비애에 찬 표정을 짓고, 미치코의 거친 태도가 병자인 자신에게 온당치 않음을 알리기 위해, 그리고 자신이 온종일 방에 처박힌 상황에 명분을 붙이기 위해 관자놀이를 손끝으로 지그

시 눌러 보였다.

미치코는 못 알아본 척 두 손을 화롯불에 쬐면서 "그런 것치고는 중간중간 신나는 노랫소리도 들리던데? 그것도 큰 소리로?"라고, 불쌍하게 봐줄 줄 아느냐는 투로 물었다.

"종잡을 수 없게 하려는 거지."

망설임 없이 대답했지만, 그는 훤히 약점을 잡히고 말았다. 아쉽긴 하지만 사실이니 어쩔 수 없다. 변명하기에는 너무 보잘것없고 초라한 증상이니까. 아무래도 싸움을 시작해야겠군, 생각했다.

"나는 그 누구에게도 동정을 바라지 않는데, 하물며 미치코한테? 하하하!"

"어머, 정말 이상한 오빠네. 별로 웃기지도 않는데 왜 그렇게 기분 나쁘게 웃을까?"

미치코는 그의 눈을 들여다봤다.

"하하하하하."

그는 또 웃었다. 생각해보면 그 상황은 웃을 만한 이유가 전혀 없었다. 그는 미치코의 아픈 공격에 휘청거리다가 자신이 패배했다는 사실을 들켜선 안

되었기에 오히려 의연하게 웃음을 지어 보일 셈이었지만, 미치코로서는 이기고 지는 문제가 아니니 그의 웃음소리가 이상하게 들린 것은 어찌 보면 당연했다. 괜한 짓을 했군, 그는 생각했다.

"오빠 요새 너무 이상해. 엄마가 얼마나 걱정하는데. 밤중에 갑자기 큰 소리를 내지 않나, 알 수 없는 혼잣말을 하지 않나…… 정말 이상해. 나야말로 웃지 않을 수 없다고. 나야 뭐, 오빠가 무슨 짓을 하든 며칠 내내 자든 무슨 상관이겠어? 근데 너무 황당한 거지. 오빠는 진짜 약아빠진 게으름뱅이야. 그게 진짜 웃겨."

미치코는 들고 온 종이상자 안에서 맛있어 보이는 슈크림을 꺼내 신나게 먹기 시작했다.

"뭐야, 걱정돼서 보러 온 게 아니었어?"

그 누가 미치코에게 맞설 수 있을까 싶어 체념한 그는 오히려 사과해야 할 것 같은 기분이었다. 그래서 평소처럼 담백한 말투로 말했다. 그러자 갑자기 머리를 짓누르고 있던 납덩어리가 녹아 사라지고 쾌활하고 맑은 피가 흐르기 시작했다.

"신난다! 드디어 나은 것 같아."

그는 혼잣말했다. 이번에는 부자연스럽지 않게 하하하하하 웃었다. 미치코도 "딱한 인간 같으니" 하며 웃었다.

지금까지 그는 미치코를 상대로 이긴 적이 거의 없었다. 아무리 기분 나쁘게 미치코를 몰아세워봤자 그보다 훨씬 냉혹한 미치코의 태도와 맞닥뜨리면 일격에 패배하고 말았다. 그렇게 미치코의 화려한 세계에 끌려 들어가다 보니, 미치코가 냉소를 날려도 그는 오히려 비굴하게 웃어야 하는 일이 많았다.

얄밉고 재수 없는 미치코. 그는 생각했다.

그는 미치코의 얼굴을 보기도 싫어졌다. 그는 조용히 눈을 감았다. 머리는 완전히 깨어났다.

그때 눈을 감은 참에 그는 우연한 기회를 포착했다. 살짝 속임수를 써서 미치코를 불안하게 만들어보자는 생각이 든 것이다.

그는 고민에 빠진 사람이 으레 그러듯 양손으로 머리를 꽉 움켜쥐었다.

"머리가 깨질 것 같아."

잠시 침묵을 유지했다가 심각하게, 그리고 우연히 떠오른 듯한 말투로 중얼거렸다.

"이러다 미쳐버리는 거 아닐까."

"헛소리하고 있네."

변함없이 얄밉고 차디찬 미치코의 비웃음이 그의 귓가에 들려왔다. 쩝쩝거리는 소리도 들렸다.

그는 결코 미치코가 들으라고 한 소리가 아니었다는 듯이 "방금은 혼잣말이었는데, 사람이 진짜 미치면 가만히 있다가 갑자기 미친 생각이 떠오른다니까" 하고 말했다.

"그럼 이미 미쳐가는 중인 건가?"

미치코는 여전히 냉랭한 태도를 유지했지만, 그의 독백에 살짝 동요한 듯했다.

그는 퍼뜩 눈을 떴다. 미치코의 표정에는 분명히 불안이 엿보였다. 기뻤다. 효과가 좀 있었던 것 같은데, 어떠냐, 만만치 않지? 하고 속으로 말했다. 여기서 확실히 미치코를 눌러두지 않으면 두 번 다시 기회는 없을 것 같았다.

"나 말이야, 얼마 전에 K한테 직접 들었는데, K가

진짜 미쳤을 때 어떤 기분이었는지 나한테 얘기해 줬거든. 미치광이가 되는 순간이라는 건, 다시 말하면 진짜 인간에서 미치광이로 진입하는 첫 1분이 그야말로 우연히 찾아온대. K는 어느 조용한 아침에 눈을 떴는데 문득 '아, 내가 미쳤구나'라고 느꼈다더라. 그런데 그 순간 더 이상 아무것도 할 수가 없대. 옆에서 갑작스러운 자극이 와서 피가 끓어오른 게 아니래. 그냥 어떤 종류의 공기와 본인의 정신이 맞닿은 바로 그 순간에 다른 세계가 펼쳐졌다는 거야. 왜, 사람이 잘 걷다가 진공 상태에 맞닥뜨리면 갑자기 근육이 찢어질 수 있잖아. 그걸 뭐라고 하더라?"

"낫족제비° 말하는 거야?"

"어, 그거야. 딱 그것과 비슷한 현상인데, 정신이 어떤 신비로운 공기를 접했을 때 인간의 정신 따위가 그걸 어떻게 버티겠어. 즉시 찢겨나가는 거지. 있을 법한 이야기 아냐? 미치코도 아까 말한 것처럼

○ 일본의 설화 속 요괴. 회오리바람을 타고 나타나 사람을 공격한다. 마치 낫에 베인 것처럼 날카로운 상처가 생기는데 아프지도 않고 피도 나지 않는다고 한다.

요새 내 행동이 이상하게 보일 수도 있는데, 술김에 흥이 올라서 일부러 그러는 게 아니거든. 내 눈앞에 이상한 환영이 눈처럼 흩날려. K도 그러기 이삼일 전에는 나랑 똑같았대. 여기서 한 발 더 앞에 있는 게 보이기 시작하면 나는 더 이상…… 인간의 말을 능숙하게 사용하는 내가 아니게 되는 거지. K가 겪은 일을 듣고 나 역시 동감했고, 어느 정도 분석을 하면 할수록, 지금 이렇게 앉아 있는 게, 시시각각 시간이 흘러가는 게 두려워. 나도 미치광이가 되고 싶지는 않거든."

그는 과장하여 몸을 부르르 떨었다.

"그래……?"

미치코는 분명 속고 있었다. 불안스레 눈을 깜빡거리면서, 그의 말을 듣고 보니 마음에 걸리는 행동들을 떠올려보는 듯했다. 그는 속으로 회심의 미소를 참을 수 없었다. 머릿속은 점점 또렷해져 평상시 상태로 돌아와 있었다.

"내가 현실에서 웃은 게 아니야. 내 괴이한 환영과 미소를 나눈 거지. 그러니 미치코에게는 기분 나쁜 웃음으로 보였겠지만, 나로서는 딱히 이상할 게 없다는 거지. 하하하하하."

"……" 미치코는 그의 얼굴을 뚫어져라 바라보았다.

"하하하하하하하하!"

"……"

미치코가 점점 진지해지는 것을 보니 그는 우스워서 견딜 수가 없었다. 웃지 않고 배길 재간이 없었다. 미치코에게서는 보기 드문 불안한 기색을 목격하니 웃음을 참을 수가 없었다. 지금 자신이 웃고 있는 상황을, 미치코가 의외로 그의 설계대로 넘어와서 두려워하고 있다고 생각하니 너무나도 기뻤다.

"오빠!"

미치코는 갑자기 얼빠진 목소리를 내더니 황급히 손끝을 손수건으로 닦았다.

"모든 가문에 미치광이 핏줄이 있다고 하잖아. 지금까지 대체로 한 세대에 한 명은 나왔다는 거야."

"그런 건 새삼스레 말할 필요도 없는 이야기지."

미치코가 흔치 않은 저자세로 나온 것이 통쾌했

기에 그는 짐짓 당연하다는 듯이 묵직하게 중얼거렸다. 그리고 명상에 잠기기라도 하듯 시선을 모아 가만히 창문 쪽을 노려보았다.

"오빠, 사실은 엄마도 그것 때문에 얼마 전부터 크게 걱정하고 있어. 처음에는 나도 엄마가 지레 겁먹었거나 미신이려니 하고 상대도 안 했는데, 기어이 오빠 옷을 몰래 점쟁이한테 가져가서 봐달라고 했다지 뭐야. 근데 오빠는 진짜로 지금 말한 것 같은 현상을 믿는다는 뜻이야?"

"누가 술김에 신나서……."

그에겐 이 부분이 상당한 난관이었다. 한 단계 더 미치코를 속여야 했다. 여기서 자칫 잘못했다가는 즉시 미치코가 칼날처럼 차가운 냉소를 퍼부을 것이 분명했다. 한 번 그렇게 되면 그다음엔 무슨 짓을 해도 안 될 것이다. 이 부분은 그럴듯하게 연기하기가 가장 어려웠다.

"죽고 싶다고 말하는 사람이 오래 산다더니, 뭔가 오빠도 그런 부류인 건가?"

미치코의 눈은 구름 사이로 보이는 달빛처럼 빛

나고 있었다. '위험하다.' 그는 오싹해졌다.

"뭐, 좋을 대로 생각해. 암튼 나는 남한테 말하려는 게 아니니까. 더구나 미치코가 거기에 있든 없든 간에 미치코에게 동정을 사려는 것도 아니고 걱정시키겠답시고 멍청한 짓을 하는 것도 아니거든…… 일일이 설명하기도 힘들다. 미치지 않으면 다행이지만…… 아무래도 난…… 아아, 머리 아파……."

"그렇게 아파? ……큰일이네."

미치코가 당혹한 기색을 내비쳤다. 미치코가 다른 사람으로 인해 당혹스러워하다니, 지난 몇 년 동안 그런 일은 그의 기억에 없었다.

그는 이유 없이 매우 기뻤다. 천년 묵은 한이 풀린 것 같았다. 하지만 그는 다음으로 해야 할 말을 떠올리지 못했다. 물론 미치광이 흉내를 내자는 멍청한 생각은 하려고 해도 할 수 없었으나, 그대로 내버려뒀다가는 모처럼 손에 넣은 승리를 으레 그랬듯 다시 미치코 때문에 망쳐버릴 수도 있었다. 그는 시선을 낮춰 무릎을 보면서 무슨 말을 하면 좋을지 고민했다. 미치코는 불안한 듯 잠자코 있었는데, 이 좋은 기회를 놓쳐서는 안 되지만 도저히 할 말이 떠오르지 않았다. 즉흥적으로 벌인 일은 신중해질수록 말이 나오지 않는 법이다. 그는 막다른 곳에 부딪혔음을 들키지 않으려 경대 서랍을 열었다가 가위가 손에 잡히기에 그대로 꺼냈다. 아무 생각 없이 손톱을 톡톡 잘랐다. 손톱이 화로 안으로 튀어 들어가 파사삭 타올랐다.

"어머, 오빠! 손톱을 태우다니, 진짜 미친 거야?"

미치코는 당황해서 얼굴색이 변했다. 그의 손을 꼭 붙들었다. 미치코의 손끝이 덜덜 떨리고 있었다.°

"하하하하."

그는 웃었다.

"농담하는 거 아니야."

"다 미신이야."

"그래도 안 돼." 미치코는 아주 진지했다.

"옛날 사람들이 그런 소릴 한 데는 어느 정도 이유가 있어. 지금 화학을 배우면 알겠지만, 손톱에는 산소의 일종인 웃음기체라는 원소가 들어 있거든?

○   일본에는 '손톱을 태우면 정신이 나간다'는 미신이 있다.

그게 퍼지면 딱 재채기약처럼 간지러운 듯한 감각을 준단 말이지. 그래서 나온 이야기야. 하지만 웃음기체라고 해서 웃음을 유발할 만큼 많이 들어 있는 건 아니고. 분석해보니 그런 게 있더라 정도의 이야기야."

그는 설명하면서 다시 손톱을 불 속에 던져넣었다.

'쓸데없는 설명을 했군.' 문득 그런 생각이 들었다. 모처럼 미치코의 감정이 절정에 달했건만, 아쉽게 실수를 했다 싶었다.

"그렇구나, 옛날 사람들이 한 이야기에는 다 그럴 만한 이유가 있는 거네."

아니나 다를까 미치코는 태연했다. 동시에 드디어 그가 장난치고 있다는 사실까지 전부 깨달은 듯 미치코는 평소의 모습으로 돌아오고 말았다.

'실수다, 실수야.' 그는 몇 번이고 마음속에서 되뇌었다. 하지만 이제 어쩔 수가 없다. 너무나도 아쉬웠다. 손가락이 무의식적으로 움직여 손톱을 자른다. 손톱은 계속해서 불에 탔다. ……미치코는 웃으며 보고 있다.

가장 커다란 엄지손톱을 초승달 모양으로 잘라서, 천천히 집어 들어 불 속에 떨어뜨렸다. 파싯파싯 소리를 내면서 탔다. 아주 가느다란 연기가 휘이 피어올랐다.

이제 그 어떤 요란한 짓을 한들 헛되이 미치코의 냉소를 살 뿐이겠지, 생각하니 갑자기 슬픔이 북받쳤다. 그렇게 생각하면서도 그는 손톱을 잘랐다. 미치코는 물론 평온하게 과자를 먹고 있다.

그는 기르려고 했던 새끼손톱까지 어느새 자르고 있었다. 가벼운 자포자기가 그의 가슴속에 퍼져나갔다. 이로써 모든 손톱을 잘라냈다. 손톱은 또 희미한 연기를 피웠다. 다시 오지 않을 이 순간! 될 대로 되라지. 그는 보란 듯이 히죽히죽 으스스한 웃음을 지으며 미치코를 바라봤다. 연기하는 것으로 보이지 않기를 내심 간절히 바라면서.

"치, 뭐 하는 거야!"

미치코는 정면으로 쾌활한 비웃음을 날리며 크게 소리 내어 웃었다. 연극은 물론이고 심지어 희극이 되어버렸군. 그는 생각하면서 양쪽 겨드랑이에 식은땀이 흐르는 것을 느꼈다. 그래서 그는 지금까지 한 과장된 흉내들을 모두 취소하기 위해 "아무것도 아니야" 하며 미치코를 따라 쾌활하게 웃었다.

그날 밤 그는 잠들며 중얼거렸다.

"미치코한테 홀렸나 봐."

I Am Not A Poet, But I Am A Poet.

1920

"오늘은 둘이 이렇게 바다를 바라보면서 와카°를 같이 지어볼까요? 당신은 문과대학에 다닌다고 하셨으니 분명 시나 와카를 잘 지으시겠죠. 전 아무래도 서툴긴 하지만 좋아하거든요…… 잠시만요. 음, 하나 써봤습니다. 대충 이런 건데 한번 봐주실래요?"

"……아, 오오, 좋네요, 진짜 좋습니다. 조화가 뛰어나네요." 저는 절대 이렇게 못 쓸 텐데, 생각했습니다.

"자, 그럼 이번에는 당신 차례입니다."

"저는 못 쓸 것 같아요." 저는 생각한 대로 솔직히 말했습니다.

"농담하지 마시고요. 너무 겸손하시면 제가 더 난처해요."

"겸손이요? 하하하, 황송할 정도네요."

○   일본 고유의 정형시.

2 5

"저한테는 겸손으로밖에 안 보이는데요? 아침부터 가만히 바다만 바라보셨잖아요. 그 자체가 와카 아니겠습니까? 그 자체가 시라고요. 때가 되었습니다. 와카를 완성할 시점이에요. 어서 들려주세요."

아무리 재촉한들 시가 되지 않는데 어쩌겠는가? 하긴 난 오늘 아침부터 줄곧 바다만 보고 있었지. 그러고 있으면 어느 정도 시가 떠오를 법한 기분이 들지 않는 것도 아니지만…… 난 그 감정을 절대 글로 옮기지 못한다. 나는 '가장 마지막 감정을 시로 쓰고 싶다'. 아름답다고 느낀 순간, 슬프다고 느낀 순간, 그것이 나에게는 '가장 마지막 감정'이다. 그 감정을 글로 옮길 수 있다면야 아무 문제가 없지만…… 나는 항상 그 찰나를 마주했을 때 일종의 공허함을 느낀다. 이 무슨 비참한 일이란 말인가…… 슬프다고 느낀 순간이면 나는 바로 '별로 슬프지 않아'라고 생각한다. 그러면 심지어 웃음까지 터져 나올 것 같다. 나는 '황홀'에 잠기는 꿈같은 기분을 느낄 수 없는 것이다. 아아, 나는 이미, 내 마음은 이 사람이 나를 탓하든 말든 상관없어지고 말았다.

저는 이런 생각을 하고 있었습니다.

"자, 이제 완성하셨겠죠?"

"……"

"당신은 이 아름다운 바다를 어떤 마음으로 바라보는 건가요?" 그 사람의 말투에는 저의 예술적 감각을 꽤 의심하는 듯한 기색이 엿보였습니다.

"……"

"대답을 못 하신다는 건 좀 이상하네요."

"저는…… 딱히 아무것도 생각하지 않았습니다."

"솔직하게 말씀해보세요. 저 아름다운 하늘의 색채를 뭐라고 표현할지라든지, 아니면 저 검푸른 바다를 건너가는 백조에 대해서라든지, 뭐 여러 가지 있잖아요? 당신의 눈에 비친 그대로…… 그게 당신의 시가 되고 와카가 되어야 하는 거라고요. 그러니까 지금 이 순간 느끼는 걸 솔직히 말해보세요."

"저는 지금 심부름꾼 아이에게 부탁한 담배가 빨

리 왔으면 좋겠다고 생각했어요." 느끼는 것을 솔직히 말하라고 하기에 저는 솔직히 대답했습니다.

"네!?" 그 사람은 매우 놀랐다는 표정을 지었습니다.

"당신은 예술가가 되려고 문과대학에 다니시는 거잖아요?" 그 사람은 마치 부모와 같은 위엄을 드러내며 말했습니다.

"네, 그렇긴 하죠." 저는 진심으로 창피했고, 별수 없이 생글생글 웃으며 대답했습니다.

"당신은 시인이 아니군요." 그 사람은 의기양양하게 말했습니다.

"……뭐, 그럴지도요." 저는 슬픈 마음(?)으로 대답했습니다.

"저는 당신 같은 비예술적인 사이비 시인과는 절교하겠습니다." 그 사람은 떠나버렸습니다.

저는 모래를 털고 일어났습니다. 바닷바람이 살랑살랑 불어오기에 저는 담뱃불이 잘 붙어야 할 텐

데 생각하면서 성냥을 그었습니다. 혀가 아릿아릿
하여 퉤, 침을 뱉었습니다.

제론

1931

ゼーロン

나는 새로운 원시생활을 위해 떠나기 전 모든 서적과 가구와 채무 등을 정리했다. 그러나 마지막으로 어디 팔기에도 애매한 청동제 흉상의 처리를 두고 골치가 아팠다. 여러분은 약 이 년 전 가을에 열린 일본미술원° 전람회에서 일본미술원 회원인 다테가와 마키오가 만든 목조각 〈닭〉〈소〉〈부엉이〉 등의 작품과 함께 〈마키노 동상〉이라는 작품을 보셨을 것이다. 훌륭하다고 전문가들이 호평했던 걸작이다.

이것을 어떻게 처리할지 여러모로 고민해봤지만, 결국 다쓰마키龍巻 마을에 사는 후지야 씨 댁으로 가져가 보관해달라고 부탁하는 것 말고는 방법이 없었다. 예전부터 후지야 씨는 다테가와의 역작 〈마키노 동상〉을 위한 기념 파티를 열어주려고 했는데 내 방랑 생활을 따라 동상 역시 이곳저곳을 전전한

○　1898년 오카쿠라 덴신이 설립한 일본화 단체.

탓에 미뤄둔 상황이었으니, 내 결심 하나로 때마침 좋은 기회가 될 터였다.

나는 아주 크고 튼튼한 등산 가방에 흉상을 담고 두꺼운 지팡이를 들고 한 자루의 나이프를 허리춤에 지니고 출발했다. 새롭게 계획한 생활 구상이 이미 눈앞에 다가온 시점이었기에 이 일정은 매우 신속하게 처리하고 돌아와야 했다. 그래서 아침 일찍 신주쿠新宿에서 출발하는 급행열차에 급한 등산객 차림의 몸을 던져 넣고, 종점에서 네 개 앞인 가시와柏역에서 내린 다음, 숨 돌릴 틈도 없이 북쪽으로 1리 정도 거슬러 올라가면 나오는 쓰카다塚田 마을까지 달려가서 예정대로 지인이 있는 물레방아 오두막에서 마차를 끄는 말 제론을 빌려야 했다. 지름길만 골라서 간다고 해도 도보로는 일몰까지 도착하기 어려울 뿐 아니라, 도중에 지나야 하는 힘든 길은 믿음직한 제론의 용맹함을 빌려야만 해결할 수 있는 매우 대담한 여정이었기 때문이다.

이 열차의 지선이나 아타미熱海선 오다와라小田原역에서 내린 사람들이 고개를 돌려 북서쪽 하늘을 올려다본다면, 하코네箱根 산줄기와 아시가라足柄 산줄기의 경계선에 해당하는 묘진가타케明神ヶ岳 산자락과 도료道了 숲을 등지고 우두커니 고개를 든 오뚝이와 닮은 표연한 봉우리를 발견할 것이다. 야구라 봉우리라고 하는데, 해발 약 3,000척에 해안까지의 거리는 10리 정도. 산 한구석에서는 지금도 가리비나 조개 화석이 나오기에 일부 지질학자나 고고학과 학생들이 다소 흥미를 갖고 관찰하러 오기도 하고, 늦가을이 되면 산기슭에 자리한 마을을 덮쳐 종종 민가에 피해를 주는 늑대나 여우, 멧돼지의 은신처가 되어 근처 주민 모두가 두려워하고 모험을 좋아하는 사냥꾼들은 동경의 시선을 보내는 브로켄°과 같은 봉우리다.

내가 존경하는 선배인 후지야 하치로는 많이 알려지지 않았지만, 그리스 고전부터 중세 유럽의 기사도 문학까지 연구한 학자로서, 본인의 집을 가리켜 '피에르퐁'이라고 불렀다. 산골짜기의 숲 그늘

○ 독일 하츠 산맥에서 가장 높은 봉우리로, 정상이나 능선에서 등 뒤로부터 해가 비칠 때 자신의 그림자가 전방의 안개나 구름에 비치는 '브로켄 현상'으로 유명하다.

에 자리한 저택 부지에는 군데군데 아주 소박한 통나무 오두막 몇 채가 있었는데, 각각 '샤를마뉴의 체육관', '라만차의 도서관', 'PRB – 프리 라파엘로 브라더후드 아틀리에', '이데아의 방패', '원탁의 저택' 등의 명칭 아래 예술의 길을 걷고자 정진하는 가난한 친구들을 위한 기숙사로 제공되었다.

나는 오랫동안 '이데아의 방패'의 식객으로 지내며 후지야 씨에게 지도받은 스토아파 음유시인인데, 이 흉상은 그때 나와 마찬가지로 'PRB'에 머물던 조각가 다테가와가 이 년 동안 나를 모델 삼아 만든 것이었다. 내가 다테가와의 모델이 되기로 했을 때, 근처에 사는 주민들은 하나같이 가난한 다테가와를 위해 못마땅해하며 혀를 차면서 왜 다른 모양의 〈말〉이나 〈소〉, 그런 것을 소재로 택하지 않느냐며, 과묵한 조각가에게 측은지심을 아끼지 않았다. 왜냐하면 다테가와가 만든 그런 작품이라면 즉시 엄청난 가격으로 구매 계약을 하겠다는 사람이 몰려들었기 때문이다.

굳이 사람을 조각할 거라면 왜 촌장이나 지주 어

르신을 모델로 삼지 않았던 것일까? 촌장의 동상이 라면 마을 운영비를 들여 기념 동상을 제작한다는 의안이 이미 가결된 상태였고, 지주 역시 자신의 인덕을 후세의 주민들에게 알리기 위한 증거로써 비용을 아끼지 않고 본인의 동상을 세우고 싶다는 바람을 내비치곤 했다. 또 이 지역과 연고가 깊은 사카타노 긴토키○나 니노미야 긴지로○○의 동상이었다면 신사나 학교에서 정중하게 사들였을 텐데! 하필이면 고른 게! 이러한 연유로 나는 당시 예술가의 감흥을 이해하지 못하는 마을 주민들에게 매우 불명예스러운 형용사를 얻게 되었다.

"저딴!" 그들은 길거리에서 나를 만나면, 가만히 있는 내가 마치 미움을 사야 마땅한 범죄라도 저지른 듯, 경멸을 담아 뒤에서 손가락질했다.

"저딴 하찮은 멍청이의 동상을 만들다니!"

그러한 비난의 목소리가 점점 커지면서 기어코

○ 헤이안시대를 대표하는 무사 미나모토노 요리미쓰를 보필하던 사천왕 중 한 명.

○○ 에도시대 후기의 사상가로 농촌 부흥을 위해 힘쓴 인물. 그의 정신을 기려 초등학교 등에 동상을 세운 예가 많다.

우리가 작업하는 아틀리에 창문에 돌을 던지는 사람(다테가와의 채권자들이었다)까지 나타나기에 이르렀으므로, 나는 동상 제목을 그냥 '남자의 동상', 아니면 약간 센세이셔널한 의미를 담아 '바보의 머리'나 '어느 시인'으로 바꾼다면 이 난관을 피할 수 있을 것이라고 다테가와에게 제안했다. 하지만 출품일이 되자 그는 나에게 양해도 구하지 않고 그대로 '마키노 동상, 다테가와 마키오 작'이라고 글씨를 새겨 넣었다. 그리고 그는 내 손을 잡고 회심의 역작을 완성했다며 기뻐했고, 우리의 피에르퐁 생활을 기념하는 의미로 나에게 선물했다.

그 시절 나를 위태롭게 하는 것은 오로지 내 그림자였기에, 나는 주로 스스로를 비웃는 시를 쓰며 지냈다. 다시 회상하고 싶지 않은 모습이었다. 그 동상에 '시인의 상' 혹은 '남자의 얼굴' 같은 제목이 붙어서 다테가와의 작품을 좋아하는 사람들의 손에 넘어갔더라면 좋았을 것을. 하지만 후지야 씨는 혹여 내가 앞으로 생활하다가 이 동상을 어떻게 처치할지 막막해지면 다테가와의 자존심을 해치지 않게끔 언제든 맡아주겠노라 나에게 약속한 사람이었다.

후지야 씨의 피에르퐁은 도료와 사루야마猿山의 숲을 가르는 톱 모양 계곡을 따라 난 길을 3리 정도 올라가면 야구라 봉우리 기슭에 폭 파묻혀 침엽수 밀림에 둘러싸인 산골짜기에 자리한 다쓰마키라는 약 50가구로 구성된 작은 마을에 있었는데, 고요한 기나다누마鬼涙沼 늪 근처에 봉건의 꿈을 살포시 남겨두었다. 가나가와神奈川현 아시가라카미足柄上군에 속하며, 가시와역에서 9리 정도 떨어져 있다.

내가 오늘 온 목적을 물레방아 오두막 주인에게 이야기한 뒤 지팡이를 버리고 제론을 끌고 가려고 하자, 그는 그 지팡이를 채찍으로 쓸 필요가 있을 것이라 말했다.

"이 녀석이 아주 몹쓸 망나니가 되었거든요……" 하며 염세적인 표정을 지었다. 그리고 그는 내가 이렇게 무거운 짐을 지고 고생해야 하는 오늘 일정을 진심으로 안타까워하며, 그것이 만일 〈소〉나 〈닭〉이었다면 지금 여기서 당장 팔아치우고 간만에 유

37

쾌한 기분으로 술잔을 기울일 수도 있을 텐데 하필 〈마키노 동상〉이라니 어쩔 도리가 없다, 빨리 해치 워라, 그리고 최근 다테가와가 〈말〉이라는 작은 조 각을 만들었다고 하니 그것을 돌아오는 길에 선물 로 받아 와라, 전당포에 맡겨놓고 술이나 마시자! 하고 떠들면서 나에게 설죽으로 만든 새 채찍을 빌 려주겠다고 했다.

"제론!"

나는 채찍같이 무서운 물건에는 눈길도 주지 않 고 사랑스러운 말의 목을 안아주었다. "너에게 채 찍이 필요하다는 말을 어찌 믿겠어? 너를 때릴 바엔 내가 맞는 게 낫지."

주인의 말에 따르면 제론을 가장 관대한 태도로 무한정 사랑해준 내가 이 마을을 떠나 도쿄東京로 가버린 뒤 얼마 지나지 않아 이 밤색 털을 가진 수 컷 말은 때려야만 움직이는 목마처럼 굴거나 일부 러 다리를 절뚝대는 멍청하고 뻔뻔한 놈이 되었다 는데, 실로 이해할 수 없는 일이니, 오늘 우연히 나 를 만나 다시 예전의 제론으로 돌아가기라도 한다면 얼마나 다행이겠냐는 것이었다.

"돌아갈 겁니다. 돌아가고말고요. 우리 제론인
데."

나는 한껏 의기양양해진 모습으로 한없는 친밀감
을 담아 당당하게 고삐를 쥐었다.

"하루라도 그 녀석을 보지 않아도 된다니 참으로
행복한 일이오."

주인은 내 등 뒤에서 제론을 비난했다. 나는 내게
는 누구와도 비교할 수 없이 소중한 동물의 귀를 두
손으로 덮어주었다. 제론의 발굽 소리는 내 귀향을
반겨주는 것처럼 명랑하게 울려 퍼졌다. 내 등에서
는 은근하게 무거운 짐이 발굽 소리에 맞춰 기분 좋
게 춤추고 있었다. 제론 덕분에 고생하지 않고 다쓰
마키에 도착할 수 있을 것 같아 기뻤다. 지금까지
물레방아 오두막 주인은 다테가와의 작품을 내다
파는 심부름꾼 역할을 여러 번 자청했고, 중심가로
나갔다 하면 작품을 저당 잡혀 여기저기 찻집과 술
집에서 방탕하게 놀다가 다테가와의 체면을 구기는
것이 예삿일이었는데, 변함없이 그러한 짓을 하면

서 엉망진창으로 사는 듯했다. 오늘도 내가 다테가와의 작품을 가지고 왔다고 하니 신나게 몸을 흔들며 가방 안을 들여다봤다가 기대가 어긋나자 매우 실망한 모습이었다.

"네 주인이 다테가와 작품을 가지고 중심가로 가면 너는 계속 목마인 척하렴. 발을 절룩거리다가 떨어트려도 괜찮아."

나는 살짝 흥이 나서 제론에게 귀띔해주었다.

그런데 제방길을 고작 2리 정도 거슬러 올라갔을 즈음, 제론이 점점 노골적으로 발을 절뚝거려 나는 혀를 깨물 뻔하기도 하고, 떨어질까 봐 놀라서 제론의 갈기에 매달려야 하는 아찔한 상황을 맞이했다. 그리고 길옆의 초록 풀을 발견하자, 제론은 태우고 있는 사람의 존재를 잊고 풀을 뜯더니 내가 아무리 재촉해도 시치미를 떼기에 이르렀다.

나는 의아한 마음에 고개를 갸웃하며 슬픔으로 가득 찬 목소리를 쥐어짜내서 "제론!" 하고 외쳤다. "너는 나를 잊은 거니? 일 년 전 봄…… 강가에 갯버들 싹이 자라나던 그 마을 경계에서……."

나는 저 멀리 솔개 한 마리가 나선을 그리며 날아
오른 쪽에 마을 수호신이 잠든 숲 옆으로 보이는 검
은 문의 집을 가리키며 같은 방향으로 제론의 머리
를 들어 올렸다.

"욕심쟁이의 저택에 복숭아꽃이 한창일 때 너의
배웅을 받고 도쿄로 떠났던 피에르퐁의 음유시인
이란다" 하고 다시 한번 얼굴을 마주하고 호소했
지만, 고삐를 쥔 팔의 힘이 풀리자마자 녀석은 고개
를 숙여 풀을 뜯었다. 검은 문의 저택에는 내 친척
이 사는데, 가끔 제론을 타고 그곳에 갔던 적이 있었
기에 그 이야기를 해주면서 그쪽을 가리키면 아무
리 망나니가 되어버렸다 한들 왕년의 행복한 기억
을 떠올리고 원래의 모습으로 돌아오지 않을까 생
각한 것이었는데 아무 소용 없었다. 나는 제론의 듣
지 않는 귀에 대고 장황하게 속삭이면서 기억을 되
살려보려 했다.

"제론, 넌 욕심쟁이의 술 창고를 덮쳐서 술통을
약탈하는 이 도둑 시인의 부케팔로스°였잖아! 그때

○   알렉산드로스 대왕의 말.

처럼 다시 한번 이 갈기를 휘날리면서 뛰어주렴. 이
래도 떠오르지 않는다면 그래, 그러면 그때 불렀던
노래를 불러줄게. 내가 이 발라드를 부르면 너는 노
래의 완급에 맞춰서 빠르게 또는 느긋하게, 자유로
이 발걸음을 조절했었지."

'술잔 부딪치면 떠올려다오, 과거의 그날, 그것은
히에로 왕의 연회였지. 깊은 숲속의 성채에서 아주
오래된 원탁에 무수한 병사들이 초대받았을 때~'
나는 슬픔을 삼키고 짐짓 유쾌한 듯 오래전에 내가
만든 〈새로운 캔터베리〉라는 말몰이 노래를 6보격
에 맞춰 읊었지만, 효과가 전혀 없었다.

"오월의 아침이 밝기 전에 한 조각의 화려한 구름
을 쫓아 이 어리석은 아르키메데스의 후배에게 유
레카!라고 외치게 했던 너는 나의 페가수스였잖니!
전능한 사랑을 위해, 의지를 갖고 작용하는 아름다
움을 위해, 고뇌에 도취하다가 진리의 꽃을 찾아 떠
나고자 에픽테토스 학교의 체육관으로 서둘러 달려
간 스토아파 학생의 용감한 로시난테였잖니!"

나는 안장을 두드리며 '병사들이 모두 술잔과 검

을 치켜들어 왕에게 맹세하리니, 나 역시 왕의 왕관의 사라진 보석을~' 계속 노래하면서 주먹을 휘둘렀지만, 고집스러운 말은 꿈쩍도 하지 않았다.

나는 안장에서 뛰어내려 이번에는 양팔에 전신의 힘을 모아 볼가강의 배 끄는 인부들°과 비슷한 자세로 힘주어 고삐를 영차 끌어당겼지만, 뜻대로 따라주지 않는 말의 힘에 인간의 완력 따위는 아무런 영향을 주지 못했다. 그저 내 다리가 미끄러지는 바람에 꼴사납게 이마를 땅에 처박았을 뿐이다. 나는 눈물을 뚝뚝 흘리며 다시 안장에 올라탔다.

"예전에 너는 마을 술집에서 정신을 잃고 쓰러진 나를……" 짐짓 그때로 돌아간 듯 몸을 축 늘어뜨리고 마치 사람에게 말하듯 진심 어린 애정을 담아보았다. "너의 등에 잘 태워, 어두운 밤길에 고삐를 쥔 사람이 없는데도 집까지 바래다줬던 친절한 제론이었잖니!" 하소연하면서, '그래, 만취했었지, 별빛이 쏟아지는 길에서 술에 취해 정신을 잃고 저택으로

○ 〈볼가강의 배 끄는 인부들〉은 러시아 사회주의 리얼리즘 회화의 대가 일리야 레핀의 작품이다.

돌아가는 무사의 덧없는 슬픔을 누가 알리오, 가거라, 패배자의 여인들이여~' 나는 호메로스풍의 완급을 담은 음조로 노래했지만 제론은 여전히 얼빠진 표정으로 모른 체하고 있으니 부질없는 노릇이었다. 둔한 눈꺼풀을 나른하게 감은 채로 눈도 깜박이지 않고 그야말로 마이동풍으로 모르겠다는 태도를 유지하고 있었다. 그러고는 등에 한 마리가 날갯소리를 내며 눈 근처에서 날아다니는 모습을 바라보았는데, 갑자기 등에가 코끝에 앉으려 하자 영원할 듯하던 목마는 느닷없이 무서운 기세로 몸을 털고는 뒷다리로 거칠게 지면을 차며 미친 듯이 공포에 질린 비명을 질렀다. 나도 얼떨결에 제론을 따라 소리를 질렀고, 제론의 목덜미에 개구리처럼 들러붙었다. 예전의 제론에게서는 찾아볼 수 없던 엄청난 겁쟁이의 모습이었다.

그제야 동력을 얻은 제론은 들꽃이 흐드러지게 핀 강둑길을 쏜살같이 달렸다. 나는 이 기회를 놓칠세라 휘파람을 섞어 완급을 준 발라드를 채찍 삼아 '고장 난 차'의 속도를 조종했다. 제론은 다리를 절뚝거렸기에 달리면 달릴수록 무질서하고 야만스러운 소리를 냈고, 칠칠하지 못하게 허공에 입을 벌려 이빨을 드러냈으며 두 콧구멍에서 뿜어내는 두꺼운 콧김 두 줄기로 청명한 햇빛을 분쇄했다. 이렇게 소리만 요란한 고물 기관차를 조종해 눈앞의 험난한 산길을 넘어야 한다고 생각하니 갑자기 등에 진 짐이 더 무겁게 느껴지고, 장엄하고 화려한 성조를 필요로 하는 창가를 계속 부르자니 숨이 끊어질 것만 같았는데, 힘이 빠지는 것을 눈치채고 제론의 기세가 다시 꺾였다간 큰일이 나겠다 싶은 걱정에서 피를 토하는 심정으로 비장한 목소리를 쥐어짜내 '마물이 사는 늪도 가시덤불 길도 내가 가는 말발굽에 차여~' 하고 엉망진창으로 힉소스의 진군가를 소리 높여 불렀고, 이제부터가 고비가 될 것 같았기에 나와 내 가슴을 징마냥 마구 때리는 매서운 바람을 일으키며 돌진했다.

왜냐하면 나는 모종의 이유로 마을 주민 누구를 만나든 어색할 터였기 때문에 사실 가장 빠른 바람이 되어 이 근처를 빠져나가야만 했다. 그래서 쓰카다 마을만 해도 그 마을에서 낸 길로 갔더라면 이런 강과 들을 따라 걷는 것보다 두 배는 빨리 갈 수 있었을 테지만, 어쩔 수 없이 멀리 보이는 수호신의 숲을 왼편에 두고 논두렁길을 따라 크게 우회해서 1리에 달하는 포물선을 그려야 했다. 이제는 이노하나猪鼻 마을을 향해 가는 중이었다. 나는 곳곳의 계단식 논과 들판에서 움직이는 사람들이 이 소란에 고개를 들면 어쩌나 싶어 사람들이 얼마나 모여 있느냐에 따라 마치 방아깨비처럼 황급히 상체를 제론의 갈기 밑에 숨기면서 그 와중에도 장대한 노래를 부르느라 식은땀을 흘렸다. 이 불규칙하고 격렬한 운동에 따라 등에 진 짐은 예상치 못한 방향으로 튀어 올라 내 뒤통수를 쿵쿵 때렸고 숨을 멈추라는 듯 척추 마디마디를 들이받았지만, 나는 곧 도착할 피에르퐁의 '깊은 숲속의 성채'에서 열릴 연회를 상상하며 이 맹렬한 고통을 견뎠다.

안간힘을 다해 쓰카다 마을을 무사히 지나치니, 이번엔 언덕이라기보다는 낮은 산이라고 해도 될 만큼 계단식 보리밭이 겹겹이 이어진 언덕길을 넘어야 이노하나 마을에 도착할 수 있었다. 나는 갈기 털에 얼굴을 묻고 심히 울퉁불퉁한 지그재그 언덕을 오르면서 절름발이 말은 평탄한 길보다 경사진 길을 걸을 때 오히려 더 안락하다는 사실을 발견하기도 했다. 언덕 정상에 오르면 이노하나 마을의 경치가 한눈에 들어오는데, 나는 이 구간을 거대한 절구통 가장자리를 따라가듯 반 바퀴 돌아 단숨에 마을의 반대편으로 건너뛸 생각이었다. 그렇게 가면 그 후로는 민가와 떨어진 숲과 들과 계곡이 이어지므로 보통 사람에게는 힘들 법하지만 내게는 오히려 편할 것이었다. 하지만 그 경로를 상상하자니 한시도 지체를 허용할 수 없었다. 해는 이미 중천과 크게 멀어져 보랏빛 야구라 봉우리 쪽 하늘을 불그스름하게 물들이고 있었다. 여정은 아직 절반밖에 오지 못했다. 나는 열심히 제론을 이끌면서 줄타기라도 하는 것처럼 긴장되는 마음으로 절구통 가장자리를 돌기 시작했다. 이제부터는 반드시 제론의 유순한 힘을 빌려야 한다는 생각에 나는 안장에서 내려와 되도록 조용히 녀석 혼자 걷게 했다. 앞장세

워 걷게 하다 보니 제론의 절뚝임이 나에게 예사롭지 않은 불안감을 주었다. 나는 물레방아 오두막에서 받은 물통에 담긴 술을 제론의 입에 부어주고 발굽을 살피고 술에 적신 천으로 다리를 식혀주는 등 신중을 기했다. 왜냐하면 이 절구통을 넘어 다음 계곡에 진입하면 그곳은 바로 낮에도 어두운 산림 지대인데, 숲 깊숙이 도망치면 어지간한 악당들은 추격자의 눈을 피할 수 있다고 하는 악명 높은 곳이었다.

이곳에는 부랑자로 위장한 도적단 소굴이 있는데, 나는 그 단장이자 담배를 피울 때 라이터 대신 총을 쏴서 불을 붙일 정도로 총을 잘 다루는 달인과 아는 사이였다. 그는 내가 말 한마디 없이 도쿄로 떠난 까닭을 듣고 분노한 나머지, 그놈을 발견하는 즉시 한 발 쏴서 담배 대신 태우고야 말겠다! 하고 씩씩댔다고 하니, 나는 그 무시무시한 라이터에 들키기 전에 이곳을 가로질러 가야 했다. 그러려면 제론의 혼신의 힘이 담긴 빠른 발이 필요했다. 심지어 이 숲을 혼자서 지나갔다고 알려진 사람은 옛 기록에 남은 몇몇 이름뿐이었다. 이 숲을 늦은 밤 홀로 헤치고 지나간 호걸로는 사카타노 긴토키와 신라 사부로°가 있으며, 아직도 그 기록을 깬 모험가는 나타나지 않았다고 전해졌다.

보통은 이 숲을 피해서 이노하나에서 오카미岡見, 미타케御岳, 히류야마飛龍山, 가라마쓰唐松, 사루야마 등의 마을을 따라 다쓰마키 마을로 가는 것이 편하겠지만, 나는 이미 쓰카다 마을부터 길을 멀리 돌아왔을 뿐만 아니라 이 녀석과 씨름을 하느라 생각지도 못하게 시간을 써버린 후였기 때문에 무슨 일이 있어도 이 숲을 지나야만 도중에 해가 지는 불상사를 겪지 않을 수 있다. 어쩌면 기록에 남아 저 용감한 무사들과 어깨를 나란히 하는 명예를 얻을 수 있다 해도 나는 결코 밤길에 자신 있는 편이 아니다. 생각하는 것만으로도 온몸에 털이 곤두선다.

나는 한때 패거리와 함께 이 숲을 지난 적이 있었기에 낮이라면 자신이 있었다. 무작정 안으로 깊이 들어가서 폭포가 있는 절벽 쪽에 당도하면 갑자기

○   신라 사부로新羅三郎는 헤이안 후기의 장수 미나모토 요시미쓰의 별칭.

말도 안 되게 밝아지며 지세가 높아졌다 낮아졌다 하는 잔디에 뒤덮인 들판이 나올 것이다. 숨죽이고 어둑어둑한 숲을 지나 그곳에 이르렀을 때 갑자기 마음이 놓여 모두 함께 손을 잡고 얼굴을 마주 보았던 기억이 있다. 그래서 꿈꾸는 듯한 기분으로 이 광활한 들판을 지나가면, 머지않아 어마어마한 갈대의 파도가 무성하게 이어져 정말 험난한 곳이라고 알려진 오래된 절이 있는 황야에 진입하게 될 것이다. 그곳에서 들불 때문에 무참히 횡사한 나그네의 이야기가 몇 건이나 전해지는데, 그런 황야에서 들불에 휩싸이면 누구든 목숨을 잃을 수밖에 없을 것이다. 가을에서 겨울까지는 마을은 물론이고 숲의 도적단들도 불 다루는 규칙을 아주 엄격하게 지키는 것을 마땅히 여겼다.

그런데 이 섬뜩한 길을 잘 헤치고 나와도 우리는 잠시도 쉴 틈 없이 붉은 흙이 완만한 비탈을 이룬 아주 미끄럽고 음험한 언덕을 기어올라야 한다. 이 언덕은 가난뱅이 언덕이라고 불리며 근처 사람들이 가장 꺼리는 곳이었다. 이 언덕에 들어서면 품속의 돈주머니조차 무거운 짐처럼 느껴져서 내던지고 싶을 정도로 힘들고 피곤한 오르막이기 때문이다. 게다가 이 주변은 낮에도 가끔 여우류가 출몰해서 사람이 다쳤다는 안타까운 이야기가 무수히 전해진다. 무서운 산길을 지나 이곳에 들어설 즈음이면 누구든 산의 음기를 흠뻑 뒤집어쓰고 빈혈을 일으키기에 생긴 미신에 가깝지만, 사실 우리 역시 이 언덕에 도달할 즈음이면 단단히 정신을 다잡으려고 해도 신경이 예민해진 탓에 덤불 속에서 참새가 날갯짓만 해도 아연실색해서 목을 움츠리기 마련이었다. 요즘 세상에 여우에 홀리는 일이 어디 있느냐며 허세를 부리면서도 옛 풍습에 따라 서둘러 눈썹에 침을 바르지 않는 사람이 없었다.°

아무튼 나는 오늘 제론의 준족에 의지해 단숨에 넘어가겠다는 각오를 처음부터 다지고 고삐를 단단히 쥐고 출발한 것이었으나, 이렇게 터벅터벅 절구통 가장자리를 걸으면서 험난할 앞길을 생각하

° 일본에는 눈썹에 침을 바르면 여우나 너구리에 홀리지 않는다는 미신이 있다.

니 큰 걱정을 품지 않을 수 없었다. 마침 지난밤 내렸던 비가 오늘 아침 개어서 주변 풍경은 물기를 머금어 반짝반짝했고, 찬란한 햇빛은 참으로 호화로운 날개를 하늘이 꽉 차도록 펼치고 얌전히 졸고 있었는데, 그와는 대조적으로 안 그래도 햇빛이 닿지 않아 온종일 축축하고 음험한 표정으로 시샘하는 시선만 보내는 얄미운 오르막길은 그 미끄러운 상판 위에 못된 쓴웃음을 머금고 올 테면 와봐라, 하면서 가엾은 여행자들을 기다리고 있겠지! 나는 이 비탈길과 싸우기 위해 나와 제론 것을 한 다발로 묶은 짚신과 한 걸음 한 걸음 옮길 때마다 발 디딜 곳을 파내기 위한 삽을 안장 한편에 매달아두었는데, 지금 그것이 내 눈앞에서 제론의 발이 절뚝일 때마다 덜렁덜렁 흔들리는 것을 보고 있자니 묵직한 납덩이 같은 것이 가슴을 꾹 누르는 듯한 기분이 들었다.

나는 발아래로 펼쳐지는 다이아몬드처럼 투명한 이노하나 마을의 파노라마 풍경을 곁눈으로 내려다보며 애써 여유로운 척 말몰이 노래를 부르며 갔다. '흐르는 시간을 하루하루 아꼈음에도 봄날의 마지막 하루도 해 질 녘을 맞이하고 말았다'고 말하는 듯한 옛 노래°의 정취로 인해, 마을의 집마다 피어오르는 연기와 뻗어나가는 아지랑이가 구분되지 않았다. 해가 질 때까지는 아직 시간이 있다. 이런 곳에서 밤을 맞이하면 큰일이다. 하지만 흐린 데 하나 없이 화창하게 갠 한가한 마을의 경치를 내려다보다 나도 모르게 고양되어 그런 노래를 소리 높여 느긋한 선율로 읊조렸다. 그리고 자세히 보니 마을을 오가는 사람들이 어디 사는 누구인지까지 바로 알아볼 수 있었다. 건초를 싣고 마을 경계의 다리를 건너가는 마차는 다테가와의 〈부엉이〉를 산 젊은 목장 주인이다.

"저 사람들한테 들키면 피곤해질 거야!"

나는 중얼거리며 모자를 깊숙이 눌러썼다. 나는 그 〈부엉이〉를 단순히 감상할 목적으로 그에게서 빌렸는데, 같이 사는 R이라는 문과대학생이 몰래 가지고 나가 동네 바에서 쓴 유흥비 대신 저당 잡힌

○   헤이안 시대의 문학 『이세모노가타리伊勢物語』의 한 구절.

53

상황이었다. 그는 나를 발견하는 즉시 책임을 묻고 내 멱살을 잡을 것이 분명했다.

은행나무가 있는 지주의 집에서는 우물 갈이를 하는 모양이어서, 사람들이 정원 앞에 모여 어수선하게 움직이고 있었다. 이 무리에게 모습을 들켜도 역시나 나는 쫓기게 될 것이다. 왜냐하면 지주의 집에서 구입한 다테가와의 〈닭〉을 내가 숲속 총잡이의 끄나풀이 되어 훔친 적이 있어서다. 그 후로 〈닭〉의 행방은 나도 알 도리가 없었는데, 지주 일당은 나를 통해 그 실마리를 찾겠다며 내 소재지를 이곳저곳 샅샅이 뒤지고 있다고 들었다.

또 저 멀리 왼편의 신사 앞에 있는 선술집 쪽으로 눈을 돌려보니, 가게 주인이 행인들을 붙잡고 뭔가 계속해서 격한 몸짓을 하며 분노의 담배 연기를 내뿜고 있었다. 그는 매우 다혈질이었는데, 다테가와와 내가 약간의 술값을 빚지자 언젠가 그 돈을 내라며 산을 넘어 아틀리에까지 찾아왔다. 때마침 다테가와의 역작인 〈마키노 동상〉이 완성되어 둘이 그 작품을 바라보던 참이었다.

"이딴 거나 만들고, 지금 장난하는 거야?" 하며 우리에게 욕을 퍼붓더니 느닷없이 짜증이 담긴 주먹을 휘둘렀다가 동상의 머리 부분을 때리고 말았고, 불운하게도 손을 삐는 바람에 오랫동안 손을 붕대로 동여매고 다녔다. 오늘도 사람들을 붙잡고 우리의 무책임한 행태를 소문내고 있을 것이다.

'어이쿠, 우물가 사람들이 이쪽을 올려다보면서 뭔가 이야기하고 있잖아!'

나는 깜짝 놀라 얼른 얼굴을 반대편 산 쪽으로 돌렸다. 겨우 숲이 언덕 아래의 늪처럼 보이는 부근까지 도달했다. 아득히 펼쳐져 끝을 알 수 없는 경관이다. 문득 귀를 기울이니 숲속에서 총성이 들려왔다. 두세 발 연달아 소리가 나고 잠시 후에 다시 울렸다.

나는 더욱 불길한 느낌에 사로잡혔다. 그 단장이 담배를 피우는 게 아닐까 싶었기 때문이다. 영문을 모르는 마을 사람들이야 사냥꾼의 총소리려니 하겠지만, 나는 안다. 그 단장은 오히려 이렇게 날씨가 좋으면 몸을 가누기 힘들어하며 마구잡이로 담배를 피우는 버릇이 있다. 그럴 때는 매우 신경질적인 흡연가가 되어 한 번에 불이 붙지 않으면 이유 없이 흥분해서 팔을 덜덜 떨면서 괴이한 짜증을 부리곤 했다. 그는 한 번에 불이 붙지 않은 담배는 불길하다며 죄다 짓밟아버렸다. 그는 그것으로 하루의 운세를 점치는 미신을 믿었다. 그래서 첫 한 발이 잘 붙으면 아주 기분이 좋아지지만, 한 번 불이 안 붙기 시작하면 끝이 없었다. 꿍얼꿍얼 한없이 짜증을 내면서 연달아 총을 쏘는데, 신경질을 부리면 부릴수록 손이 떨리니 당연히 불도 붙지 않는 법. 결국 사람이든 동물이든 후려쳐야 직성이 풀리는 피곤한 미신적 결벽증이 심했다.

아직 그 소리라고 확정된 것은 아니지만, 여전히 계속 들려오는 '라이터 소리'에 집중하다 보니 다리가 굳는 느낌이 들었다. 여유만 있었다면 라이터 연료가 다 떨어져서 언제나처럼 그가 심기가 불편해져 잠이 들 때까지 잠시 기다렸다가 숲에 들어섰겠지만, 총소리는 잦아들지 않았다. 이 주변에서 더 우물쭈물하다가는 마을 사람들에게 포박당할 우려가 있을 뿐 아니라 무엇보다 두려운 일몰이 닥칠 위험이 있었다.

그는 사람이든 동물이든 중상을 입힐 만큼 잔인한 사람은 아니지만, 기이한 데가 있어서 주변의 허공에 총을 쏘고는 표적들이 놀라 도망치면서 우왕좌왕하는 모습을 구경하는 취미가 있었다. 아마도 나를 발견한다면 그는 회심의 미소를 흘리며 아주 잔혹한 조롱을 퍼붓고, 뛰어오르고 넘어지면서 도망치는 우리의 비참한 모습을 보며 속을 풀 것이 분명하다. 이 겁쟁이 말을 이끌고 이 진귀한 짐을 짊어진 나는 그 라이터 총구에 희롱당하는 광경을 상상하니 벌써 이마에 식은땀이 맺혔다. 지옥의 업화에 몸이 불타오르는 시련이나 다름없다. 이미 내 다리에는 무거운 쇠사슬이 감긴 듯했다. 절구통 가장자리를 걸으며 어느 쪽을 돌아봐도 그야말로 진퇴양난에 빠진 느낌이었다. 하지만 나는 용기를 내서 다시 한번 천천히 '흐르는 시간을 하루하루 아꼈음에도~' 노래를 읊으며 말을 몰려고 했는데, 어이없게도 입 모양만 가사에 맞춰 뻥긋댈 뿐 소리가 나오지 않는 것이 아닌가.

바로 그때였다. 제론이 다시 고집스러운 망나니가 되어 발을 멈춰버리고 말았다. 으악! 나는 절체절명의 비명을 지르며 정신없이 제론의 방둥이를 세게 때렸다.

그러자 제론은 신난 듯이 껑충껑충 뛰어 고작 10간° 정도 앞으로 나아가고는 다시 목마가 되어버렸다. 마치 나를 조롱하는 듯한 모습으로 멍하니 돌아보는 것이 아닌가.

"그런 뜻이었군!"

앓는 소리가 절로 나왔다. "물레방아 오두막 주인이 네놈더러 때리지 않으면 걷질 않는 놈이 되었다고 한탄하더니!"

나는 제론의 뒤에 바짝 붙어, 채찍을 버리고 온 것을 후회하면서 오른팔을 몽둥이 삼아 힘껏 휘둘렀다.

"그래, 투지를 발휘해봐! 좀 더 힘을 내보라고!"

제론은 그렇게 움직이기 시작해 앞의 소나무 옆

○   간은 척관법의 길이 단위로, 1간은 약 6척(1.8미터).

까지 나아가더니 다시 뒤를 돌아보았다. 자신에게 가해진 통증이 사라지면 바로 멈춰버리는 식이었다. 내가 이렇게나 말귀를 못 알아듣는 짐승에게 예전처럼 애정을 담아 부르는 추억의 노래를 채찍 대신 쓰려 했다고 생각하니 공연히 화가 치밀었다.

"이 멍청아!"

소리치며 다시 뒤에 바짝 붙었다. 나는 이미 숨이 끊어질 듯이 힘들었지만, 팔이 여럿 달린 아수라처럼 양팔을 마구잡이로 휘둘러 때렸다.

제론의 발굽은 신이 난 듯 돌멩이를 걷어차며 또 조금 앞으로 나아갔다.

"이 악마 같은 녀석!"

나는 욕을 퍼부었다. 이제 양팔은 완전히 감각을 잃고 어깨에 거꾸로 매달린 연필처럼 말을 듣지 않았다. 나는 바닥을 기어 증오스러운 제론을 쫓아가기로 했다. 너무나 분노한 탓에 힘이 빠져 걸을 수가 없었기 때문이다. 그때 이노하나 마을 쪽에서 갑자기 아주 소란스러운 종소리가 들려왔다.

"이럴 수가, 놈들이 드디어 나를 발견해서 패거리

를 불러 모으는 종을 치기 시작했구나!"

종소리는 엄청난 파장을 일으켜 산 곳곳으로 퍼져나갔고 절구통 바닥 쪽에 똬리를 틀더니 허공을 뒤덮었다. 나는 눈을 감고 떨리는 손으로 돌멩이를 쥐었다. 나는 입술을 깨물었다.

"이런 골리앗 같은 말이 있나!"

고함을 지르면서 가련한 오른팔을 풍차처럼 돌리고 조준하여 다윗이 가드의 골리앗을 죽인 투석구와 같은 기세로 탁, 제론을 향해 던진 돌은 필사적인 노림수대로 제론의 둔부에 맞아 훌륭한 데드볼이 되었다.

제론은 뒷다리로 공중을 차며 뛰쳐나갔다. 계속 때려 이곳을 벗어날 때까지 달리게 해야 한다. 나는 무거운 짐에 압사당할 듯 납작해진 상태로 전속력으로 뒤를 쫓았고, 벌써 걸음걸이에 힘이 빠지기 시작한 제론의 턱 밑을 파고들어 갑자기 이얏! 하는 기합 소리와 함께 재빠르게 날아오르는 새처럼, 옛날 옛적 힘 좋은 삼손이 당나귀의 턱뼈를 뽑아낸 요령에서 비롯된 모범적인 어퍼컷으로 일격을 먹였다.

매우 아쉽게도 그 공격은 제론이 종소리가 들리는 방향으로 고개를 돌린 순간에 들어갔고, 내 주먹은 허무하게도 허공을 가로지르고 말았다. 워낙 기세가 좋았던지라 나는 엉겅퀴꽃밭으로 굴러 들어갔다. 하지만 나는 개의치 않고 숨 돌릴 틈도 없이 다시 몸을 일으켜 옛날 옛적 삼갈이 소를 몰던 단호한 움직임처럼° 제론의 옆구리를 노리고 주먹을 뻗었다. 제론은 이빨을 드러내고 소리 높여 울더니 장애물을 뛰어넘는 것처럼 경중경중 이리저리 움직였다. 나는 땅을 스치는 고삐를 붙들고 2, 3간 정도의 거리를 같이 끌려다닌 뒤에 깔끔하게 안장 위에 올라탔다. 그리고 돌격하며 진군의 북을 치듯 마구잡이로 배를 차고, 갈기에 매달린 채 달려라 달려라 하고 계속 외쳤다.

　드디어 제론도 필사적인 듯 높은 장애물을 뛰어넘을 때와 같은 모습으로 활처럼 굽은 절구통 가장자리를 계속 달렸고, 이윽고 내리막으로 빠져나가

　○　구약성서에 나오는 삼갈은 소 모는 막대기로 블레셋 사람 육백 명을 죽이고 이스라엘을 구원했다고 한다.

는 길목에 접어들었다. 다시 보니 마을의 종소리는 화재를 알리는 신호였다. 지주의 헛간 부근에서 불길이 피어올라, 깃발을 앞세운 여러 명의 소방대원이 수동 펌프를 끌고 사방에서 모여들고 있었다. 나팔이 울렸다. 아우성치는 소리가 들려왔다. 공교롭게도 한참 우물물을 퍼내고 청소하던 중이라 물을 쓸 수가 없어서 소방대원들은 매우 당황하다가 결국 논두렁길 옆 개천까지 호스를 길게 연결하려는 듯했다. 한 대대가 가진 호스로는 길이가 부족한 탓에 대장 같은 사람이 불을 확인할 때 쓰는 사다리를 타고 올라가서 모자를 흔들며 멀리 있는 대원들을 향해 외치는 소리가 들렸다.

"호스…… 호스……" 불길은 헛간에서 안채로 무섭게 번졌고, 연기가 잠시 하늘에 묻히나 했더니 머지않아 새하얗게 변해 처마 사이로 뭉게뭉게 뿜어져 나왔다.

"호스…… 호스…… 제론……"

사다리 위의 남자 목소리가 얼토당토않게 그렇게 들렸다. 다시 봤을 때는 호스가 논두렁 개천까지 이어져 마치 줄다리기하듯이 사람들이 모여 있었다.
그리고 곧 가느다란 물보라가 처마 끝을 향해 뿜어
져 나왔다. 펌프질하는 소방수들의 필사적인 기합
소리가 울려 퍼졌다.

"나한테 응원하러 오라고 하는 건가?"

'……이보게, 제론 기수님 ……이쪽으로 와주게,
부탁이 있네!' 하는 것처럼 들렸다. 나는 갈기 속에
얼굴을 묻으며 실눈으로 그쪽을 살폈다. 자세히 보
니 사다리 위의 남자는 숲에 사는 그 애연가였다.
교묘하게 소방대원 중 한 명으로 위장한 것이다. 그
리고 지금 그는 종루에 있던 사람을 대신해서 종을
치고 있었는데, 사람들은 불을 끄는 데 열중한 까닭
에 그 종소리가 부하들을 불러 모으는 암호에 맞춰
울리고 있음을 눈치챌 리 없었다.

종소리 사이사이에 그는 계속해서 팔을 흔들며
나를 불렀다. 전보 방식으로 울리는 종소리의 암호
를 해석해보니, 나에게 '잘 돌아왔다, 요즘 아주 심
심했거든. 이번 기회에 다시 한번 동료가 되어주겠
나? 일단 오늘 획득한 것들을 반 나눠주겠네'라고

전하고 있었다.

'갑옷을 되찾았어.' 그가 알려줬다. 그것은 어느 빚의 대가로 내가 지주의 집에 맡겨두었던 조상님의 유품이었다. 연로한 나의 모친은 내가 술을 마시느라 그런 귀한 것까지 남에게 넘긴 사실을 알고는 할복하라고 종용했다. 만약 이 보물을 되찾아 집에 돌아온다면 오랜 기간 연을 끊고 지냈지만 용서해주겠다는 편지를 보내기도 했다. 종소리는 심지어 이렇게 재촉하는 것이었다.

'배를 주려가며 시를 쓰는 멍청한 짓은 관둬.'

나는 가죽끈으로 미늘을 꿴 조상님의 갑옷을 입고 당당하게 고향으로 돌아가는 모습을 상상하며 유혹에 시달렸지만, 힘을 잔뜩 주어 동그랗게 뜨고도 결코 속을 알 수 없는 얼빠진 눈과 입술을 약간 동그랗게 모아 어딘가 거북함을 주는 분위기가 우스꽝스러워 오히려 보는 사람의 웃음을 유발하는 듯한, 짐짓 점잖은 척하는 무서운 가면 같은 아버지의 초상화가 걸린 어둑어둑한 서재로 돌아가 저주에 가까운 좌선을 해야 한다고 생각하니 우울해졌다. 아버지의 모습을 접할 때만큼 음울한 허무함에 시달린 적이 없다. 나는 때때로 그 초상화를 찢어버리려고 했고, 아직 성공하지 못했지만 언젠가는 반드시 결행할 생각이다. 나는 오로지 굶주린 채 명랑한 들판에서만 시를 쓸 수 있다.

'너의 등짝에 짊어진 무거운 짐을 팔아치우는 법을 가르쳐주지.'

종소리는 신호했다.

'어떻게?'

나도 모르게 눈을 크게 뜨고 솔깃해하는 느낌을 드러내며 코린트식 체조 신호법으로 되물었다.

'너희 집안에 파는 거야. R. 마키노 동상이라고 하면 돼. 굳이 틀린 말은 아니니까 의심할 사람은 없겠지'

R은 십 년도 전에 타계한 저 초상화의 장본인이다. 내 방랑도 정확히 십 년째다.

'그렇지!'

아주 혜안이야! 나는 깨달음과 동시에 형용하기 어려운 무시무시한 인과의 벼락을 맞았고, 아마도 내 귀인 줄 착각한 모양인데, 제론의 귀를 있는 힘껏 움켜쥐었다. 그러고 나서 안장에서 떨어졌다.

"달려!"

나는 소리쳤다.

나는 제론의 둔부를 상대로 격렬하고 필사적인 권투를 이어가며 내리막길에 들어섰다. 말의 꼬리는 물레방아에서 튀는 물방울처럼 내 얼굴을 때렸다. 그 틈으로 슬그머니 앞길을 내다보니 지역 경계의 커다란 산맥은 선명한 진보라색으로 물들었고, 야구라 봉우리 정상이 꼭두서니의 붉은빛으로 약간 빛나고 있었다. 산기슭 한 면을 덮은 숲은 적막하고 어둑어둑했고, 걷어차일 때마다 메뚜기처럼 놀라며 장애물 뛰어넘기를 이어가는 기괴한 말과 그의 잔혹한 마부와 그들의 밑에 도사리고 있는 심연처럼 광대한 몽마夢魔를 억누르고 있었다. 등에 진 동상이 생명을 얻고, 초상화의 주인이 홀연히 빠져나와 늪을 건너고 산으로 날아오르고 하늘거리며 나부끼더니 내 팔을 붙잡았고, 제론이 뒷다리로 일어서서 공중에 떠오르더니 안개를 뒤집어쓰며 괴상

한 몸짓으로 신나게 로코코풍 쿼드릴°을 췄다. 아름
다운 광경이다! 나는 전율을 느끼며 장엄한 경치에
시선을 빼앗겼다.

종소리가 희미하게 들려왔지만, 이젠 무슨 뜻인
지 알 수 없다. 그러나 그 소리는 우리의 쿼드릴에
끊임없는 반주가 되어주었다.

"이건……."

나는 문득 정신을 차리고 마치 유모가 아이를 어
르듯이 등에 진 짐을 급히 달래며 중얼거렸다. "별
수 없이 기나다누마 늪 바닥에 던져버려야겠구나."

끊임없이 제론의 방둥이에 공격을 퍼부으며 늪
바닥과 닮은 숲으로 들어섰다. 수많은 나뭇가지 끝
이 물가의 수초로 보였고, '수면'을 올려다보니 둥
지로 돌아가는 새 무리가 물고기로 보였고, 제론에
게도 나에게도 아가미가 생긴 듯했다. 그건 그렇고
무거운 짐 때문에 등의 피부가 벗겨져서 따끔따끔
불이 붙은 듯 물이 스며든다! 피가 흐르는 건 아닐

○　18세기 말~19세기 프랑스 궁정을 중심으로 전 유럽에서 유행한 사
교댄스. 남녀커플이 4개의 조를 만들어 춘다.

까? 나는 생각했다.

(덧붙이는 글—다테가와 마키오의 〈마키노 동상〉
은 현재 소슈相州 아시가라카미군 쓰카하라塚原 마을
에 사는 후루야 사타로가 소장하고 있다. 마키오의
작품목록 중 대표작인데, 작가는 청동으로 만든 것
이니 늪 바닥에 보관해도 상관없다고 말했으나 친구
들이 나서서 그곳에 보관하게 했고, 관람을 희망하는
이에게 수시로 꺼내어 보여주고 있다. 1929년도 일본
미술원 목록을 살펴보면 사진도 게재되어 있다. 다테
가와는 올해 제론 동상을 '제론'이라는 제목을 붙여
제작 중이라고 한다. 나는 홀가분하게 극도로 가난
한 방랑 생활 중이다.)

병세

1934

病狀

차갑게 얼어붙은 추운 밤이 이어졌다.

나는 멍하니 작은 가스스토브에 은화나 던져 넣으며 아침이 올 때까지 책상 앞에 끈덕지게 앉아 있었지만, 매일 밤 어떤 문장도 떠오르지 않았다.

"아무 때나 괜찮으니 깨워."

아내는 아침 식사로 빵이나 과일을 준비해두고 책상 옆에서 새근새근 잠들곤 했는데, 그러다 보니 점점 내가 모자란 식객이나 된 듯한 기분이 들었다.

커튼이 물속처럼 흰빛을 띠면, 난 하릴없이 체념의 한숨을 내쉬고 온몸이 그저 연기가 되어 두둥실 떠오르는 기분을 느꼈다.

나는 누비 잠옷에 바로 외투를 껴입고 목도리에 턱을 파묻은 채 무작정 집을 빠져나갔다. 식당을 찾으러 언덕을 내려갔지만, 아주 가끔 아침 안개를 뚫고 가는 차 소리가 들릴 뿐, 거리는 아직 잠의 구렁텅이에 빠져 있었다. 나는 눈 속에서 길을 잃은 여

행자처럼 정처 없이 터덜터덜 걸으면서 잠이 쏟아
지기를 기다렸는데, 문득 차 한 대를 어렵게 잡아
시나가와品川까지 태워달라고 부탁했다.

그곳에 밤새 활발히 영업하는 식당이 있다는 사
실을 떠올렸던 것이다.

나는 조심스레 술잔을 입에 갖다 댔다. 곰곰이 생
각해봐도 그것은 매번 쓰고 맛이 느껴지지 않는 액
체라서, 한 잔을 기울일 때마다 나도 모르게 얼굴을
찡그리고는 허리를 꼿꼿이 세우고 허공을 노려볼
따름이었다.

서당에서 쓰는 책상 같은 식탁이 두 줄로 배치된
넓은 손님방에는 나와 한 칸 옆 술에 취해 눈에 초
점을 잃고 초췌해진 중년 남성이 한 명 있었는데, 상
인인지 다른 지역에서 온 직공인지 알 수 없는 그는
무슨 전골 요리를 앞에 두고 나와 마찬가지로 혼자
서 멍하니 냄비에서 김이 올라오는 것을 바라보고
있었다. 이미 그의 식탁 위에는 술병이 네다섯 병 놓
여 있었고, 잠시 후에 한 병 더 주문했는데 정작 가
게 직원이 술을 따라주려 하자 "아, 신경 쓰지 마시

오"라고 거절했다. 그리고 대충 혼자 술을 따르고
는 뭔가 울적한 듯 깊은 생각에 빠진 모습이 몹시
시무룩한 술고래로 보였다. 맞은편에는 얼굴이 새
빨개진 회사원으로 보이는 두 명이 줄곧 여자 직원
을 상대로 도가 지나치게 소리를 높여 장난을 걸고
있었다. 넓은 가게에 손님은 그들이 전부였지만, 두
명이 너무 소란스러운 바람에 반대편인 이쪽에 있
는 두 사람은 마치 짠 듯이 묵묵히 앉아 있었다. 서
너 명의 여자 직원은 소란스러운 식탁을 둘러싸고
등을 보이며 있어서 표정을 알 수 없었지만, 손님
들은 내 쪽으로 앉아 있었기에 그 상황에 흡족해하
는 미소가 똑똑히 보였다. 그리고 가끔 그들의 시선
을 제대로 느꼈지만, 나는 딱히 마주 보지 않고 더
욱 못마땅한 기분으로 앉아 있었다. 그들의 짓궂은
소란은 점점 심해져, 어느 순간 자지러지게 웃었다
가 장난스럽게 비명을 질렀다. 그 분위기는 내 모습
을 조롱하는 것 같기도 했다. 그런 계기로 생판 처
음 보는 손님들끼리 큰 싸움을 벌이는 경우를 술집
에서 자주 봤기 때문에 나는 마음을 가라앉히고 고

개를 숙였다. 내 가슴은 나약하게 끝없이 가라앉아 있었다. 그들의 웃음소리가 이어질수록 나는 조롱을 당할 만한 놈이니 이대로 멀리 도망치고 싶다는 끝 없는 수치심만 밀려올 뿐, 반발심 따위는 꿈도 꿀 수 없었다.

나는 한숨만 쉬면서 졸리면 일어나려고 술잔을 기울였다. 그러고는 가만히 눈을 감았는데, 잠이나 취기는커녕 흘러드는 쓰디쓴 술기운만 천연덕스럽게 내 가슴속을 도는 듯했다.

"왜 이러지……."

나는 조용히 속삭이며 손바닥을 펼쳐 가슴을 쓸어 내리고 묵직하게 팔짱을 낀 채로 고개를 푹 숙였다.

"……뭐?! 다시 한번 말해봐!"

갑자기 위세 좋은 날카로운 말이 귓가에 울려 퍼졌다. 깔끔하고 힘찬 발음을 들어보니 딱 에도江戸°억양이었다.

쳐다보니 옆자리의 중년 남성이 식탁에 짚고 있던 팔꿈치를 쳐들고는 싸움닭 같은 눈빛으로 맞은

○   도쿄의 옛 지명.

편 두 사람을 노려보고 있었다. 차갑고 매서운 바람이 한차례 불고 지나간 듯 주변은 호수 바닥처럼 적막해졌다.

"예상을 벗어나지 않는군, 이 멍청한 놈들!"

그는 연달아 공격적인 말로 도발했지만, 상대방은 매미가 울음을 갑자기 멈춘 듯 대꾸하지 않았다. 정말 가슴이 후련해지는 멋진 기개로군! 나는 감탄하면서도 만약 저런 말이 나를 향해 날아왔다면 어땠을까 상상하니, 듣기만 해도 온몸이 움츠러드는 느낌이었다. 그의 말투는 날붙이처럼 날카로운 빛을 내며 끊임없이 적의 가슴팍을 찔러대는 듯했다. 날붙이도 아니라, 번개라고 표현해도 부족한 벼락불이었고, 아주 깊숙이에 엄청난 빛을 품고 있었다. 그는 상대방이 아무 말도 하지 않자 입꼬리에 웃음을 머금으며 조용히 잔을 들었다. 마치 범접하기 어려운 푸른 섬광 속에 어마어마한 살기를 품고 앉아 있는 벌과 같은 모습이었다. 내 일이 아닌데도 알 수 없는 공포심에 짓눌려 식탁 아래에서 불쌍할 정도로 떨고 있는 내 무릎을 제어할 수가 없었다.

결국 맞은편의 두 사람은 때를 엿보다가 한껏 쪼그라든 채 가게를 떠났다.

그러나 조롱하는 웃음소리와 분노에 찬 고함이 내 지친 머릿속을 파고든 터라 모든 것이 나를 탓하는 소리인 듯한 망상이 시작되어 가슴이 두근거렸다.

두 사람이 떠나는 모습을 지켜본 옆자리 남자는 나에게 하는 말이 맞나 싶게 혼잣말처럼 중얼거렸다.

"버려진 인형 두 개가 나란히 앉아 있다니, 고얀 놈들, 별소리를 다 하고 있어."

그러더니 가만히 내 얼굴을 바라보는 것이었다. 조금 전 그의 기백에 벌벌 떨었던 주제에 어느새 취기가 돌기라도 한 것인지 나는 갑자기 평온해졌다.

"내 얼굴에 뭐가 묻었소?"

하고 되받아쳤다.

"아니오."

그는 의외로 솔직하게 답했다.

"그러면 왜 그렇게 남의 얼굴을 보는 거요? 아까 그놈들이나 똑같지 않소?"

나는 퉁명스럽게 말했다.

"버려졌다는 소리를 듣는 게…… 난 영 가슴이 아파서 말이오."

"……"

나는 그런 일로 말을 트고 이야기 상대가 되는 게 너무 피곤했기에 눈을 감아버렸다.

"일의 정점에 도달하기 전까지는 살아도 사는 게 아닌 거요. 버려졌다는 건 즉 일이 날 팽개쳤다는 그런 느낌인데……."

그는 뭔가 난해한 이야기를 장황하게 늘어놓았는데, 내가 잠시 눈을 뜨자 눈도 깜빡이지 않고 날카롭게 바라보는 그의 눈빛이 내 얼굴에 강렬하게 쏟아졌다. 순간 가슴이 덜컹해 다시 눈을 감으려 했는데, 그보다 빠르게 그가 먼저 눈을 감았다. 희한한 사람이군! 나는 그의 얼굴을 천천히 들여다보았다. 콧날이 날카롭고, 앙다문 입 언저리에서는 결코 거역해서는 안 될 대사를 뿜어낼 듯한 늠름한 엄숙함이 느껴졌다. 그리고 눈꺼풀이 신경질적으로 파르르 떨리고 있었다. 보면 볼수록 얼굴 생김새는 세차게 내리는 비라도 맞은 양 초췌하고 우울해 보였다.

그 초췌함은 실컷 유흥을 즐긴 후 피곤한 것과는 전혀 다른, 뭔가 긴장된 신경이 사방으로 뻗어 압박감을 느끼게 하는 것이었다. 나는 그의 다가가기 힘든 얼굴을 홀린 듯이 계속 바라보았다. 그러다 그가 갑자기 눈을 뜨는 바람에 나는 황급히 눈을 감았다.

그렇게 서너 번 눈 뜨고 감기를 반복하다 보니 겸연쩍은 기분이 들었다. 남자가 한술 더 떠서 잠깐 조는 척 고개를 숙인 사이에 나는 몰래 집에 갈 준비를 하고 자리에서 일어섰다. 그리고 밖에 나가기 직전 문 앞에서 그냥 한 번 뒤돌아봤더니 어느새 그도 고개를 들고 문과는 반대편인 바다 쪽으로 하늘을 올려다보고 있었다. 하늘은 새벽이 계속될 것처럼 어스름하여 당장에라도 비가 쏟아질 듯했다.

다음 날 새벽 즈음, 나는 다시 공허한 책상 앞을 떠나 어제 그 식당에서 아침 식사를 하려 하는데, 머지않아 그도 산뜻한 발걸음으로 가게에 들어왔다. 그는 나를 발견하자 갑자기 껄껄 웃어대며 내 옆에 자리를 잡았다. 그제야 나는 알아차렸는데, 그의 웃음소리는 마치 까마귀 소리 같았고, 소리는 웃고 있지만 표정은 조금도 일그러지지 않았다. 머리 위로 빙빙 돌면서 울어대는 까마귀처럼 상당히 오래 웃었는데, 그의 표정은 까마귀 텐구°처럼 우울해서, 약간 입이 벌어진 채로 목구멍 안에서 웃음소리가 공허하게 울릴 뿐이었다.

"아니 이런, 버림받은 사람끼리 또 만났군⋯⋯."

그는 그렇게 말하고 다시 기이한 웃음소리를 이어갔다.

"그런 소리 하지 마시오. 별로 유쾌하지 않소."

난 성가셔하며 투덜댔다.

"아니, 당신 얼굴에 딱 그렇게 쓰여 있는 걸 어쩌겠소?"

"⋯⋯무슨 상관인지."

난 시선을 옆으로 돌려 귀찮다는 표시를 했다. 어제처럼 마주하기 힘든 것은 아니지만, 나로서도 이렇게 상태가 좋지 않을 때 그런 소리를 여러 번 들으면 더더욱 기분이 침울해져서 어찌하면 좋을지

○ 일본의 전설에 나오는 요괴. 부리가 있고 자유자재로 날 수 있다고 한다.

알 수가 없었다.

술을 아주 조금 마셨을 뿐인데도 즉시 거하게 취하
고 말았다. 그와 어떤 이야기를 주고받았는지 거의
기억나지 않지만, "가면 장인…… 가면 장인이라고
요?" 대화를 나누던 중 그가 자신을 가면 장인이라
고 설명했을 때 한 번에 이해하지 못하고 되물었다.

"한냐° 가면이나 홋토코 가면°° 같은 것들을 주
로 만들지요……."

그렇게 말하고 그는 축 어깨를 늘어뜨리더니 자
신의 가슴팍 쪽으로 한숨을 내쉬었고, 다시 얼굴을
든 뒤 꿈이라도 꾸는 듯한 눈빛으로 멍하니 내 얼
굴을 쳐다봤다. 그는 본인의 일에 대해 설명했을 뿐
나에 대해서는 딱히 묻지도 않고 그저 내 얼굴만 가
만히 바라보았다. 그리고 머릿속에서 뭔가 형태를
그리는 듯 눈에 힘을 주고 내 코와 입 언저리를 뚫
어져라 보았다. 하지만 나 역시 그의 직업이 무엇인
지 듣고 나니 그 시선에 대한 부담도 사라져 술김에

○   일본의 전통 가면극 '노能'에 사용되는 가면. 질투와 한을 품은 여
자 귀신의 얼굴이다.

○ ○   입이 뾰족이 나오고 찌그러진 표정의 남성을 표현한 가면.

진지하게 질문을 던졌다.

"가면은 원래 그 덴구나 홋토코나 괴이한 모양이 정해져 있겠지만, 그래도 보통 사람 얼굴을 참고하는 경우도 있는 거죠?"

"있죠. 아무래도 매번 그렇게 됩니다. 나 같은 경우는……."

그는 잠시 멈췄다가 바로 대답했다. "솜씨만으로 되는 건 아닙니다. 무서운 꿈을 꾸죠. 뭐라고 하면 좋을지 이게 말로 설명되는 게 아닌데, 꿈이, 눈앞에서 찾아 헤매던 것이 흐름을 타도 결과적으로 완성되지 않으면 덴구냐 도깨비냐의 문제가 아니에요. ……가면의 생김새라는 건, 내가 뭘 표현할지 흐름을 한 번 타면 뭐가 어렵고 뭐가 편하고 그런 것도 없이 빤해요. 웃음이든 분노든 그 표정 뒤에 그야말로 터무니없고 놀라운, 이유 따위 없는, 즉 버림받아서, 버림받은 채 공중에 내던져진 듯한, 제정신을 잃어버린 슬픔 같은 것이 제각기 깃들어야 한단 말이죠. 이건 뭐라고 말한들 결코 종잡을 수가 없고, 이치를 설명할 수도 없어요. 게다가 그때그때 내가 표현하려는 것을 저렇게 정해진 생김새 위에 하나도 빠짐없이 담아내기 위해 다른 사람의 얼굴을 빌리려고 하는 것인데……."

그는 자신이 전하고 싶은 뜻을 말로 옮길 수 없음에 답답함을 느꼈는지 말을 멈추고는 눈을 또렷하게 뜨고 내 얼굴을 들여다보았다. 나도 조금 께름칙한 기분이 들었다.

"그럼 딱히 제가 아니어도 될 텐데, 그만 보세요. 전 혼자 조금 생각할 일이 있어서 가만히 앉아 있는 것인데 누가 제 얼굴을 쳐다보는 건 딱 질색입니다. 누구 얼굴이든 도중에 포기하지 말고 계속 관찰하다 보면 영문 모를 슬픔이 차오르는 걸 볼 수 있겠죠……."

이렇게 쓸데없는 말까지 하고 말았다. 그래서 억지로 웃음소리를 내보았다. 그러자 정확히 내 소리가 그의 웃음소리와 비슷하게 까마귀처럼 와하하하고 터져나가면서도 얼굴 근육은 미동도 하지 않았다.

"아니, 나는 당신처럼 완벽히 버림받은 채 이해하

지도 만족하지도 않고 그렇다고 다 포기한 것도 아닌 듯한 가면을, 아니, 그런 모습을 본 적이 없거든요."

"쳇, 멍청이 가면 모델로 쓰면 가만두지 않을 테니 그런 줄 아세요."

난 그렇게만 말하고 자리에서 일어섰다.

"그렇게 화낼 건 없잖아요."

그는 내 모습을 애처롭게 올려다보며 슬프다는 듯 꿍얼거렸다. 저번에 다른 손님한테는 그렇게나 압도적으로 큰소리를 내며 을러대던 남자니까, 한순간에 성질을 내며 나에게도 무시무시한 욕설을 퍼부을 수 있으니, 그 광경을 상상해봤다. 그러나 지금의 모습은 내가 감히 활기를 되찾아주고 싶을 만큼 딱했다.

"하지만 도통 무슨 얘긴지……."

나는 내가 낼 수 있는 가장 오만한 말투로 호소했다.

"왜 하필 제 얼굴에 흥미를 느끼시는 겁니까? 부담스럽게……."

"그게 참 뭐랄까."

그는 점점 기운 없이 고개를 떨어뜨렸다.

"딱 봤을 때는 아무런 특징 없는 얼굴인데, 당신이 화내거나 웃을 때 얼굴이 어떤 식으로 움직이느냐 하면…… 계속 이런 무례한 이야기를 해서 미안하지만, 암튼 조금만 더 말할게요. 처음 만났을 때부터 문득 그런 생각이 들었는데, 당신은 웃을 때도 화낼 때도 목소리만 그렇지, 표정은 아무런 변화가 없어요. 공허하다고 하면 그만인데, 생각해보니 난 그런 얼굴을 가진 사람을 지금껏 본 적이 없어요. 그런데 원래부터 그런 건가요? 만약 그렇다고 하면 정말 흔치 않은 작품인데, 무슨 일이 있어도 움직임이 없는 얼굴이라니, 더더욱 다양한 움직임의 얼굴을 상상하게 되는 거죠."

갈수록 묘한 소리만 하는군. 난 기분이 상했지만, 만약 그의 이야기가 사실이라면 나 역시 그런 표정을 한 사람은 본 적이 없군, 싶었다.

"신경쇠약 탓입니다."

나는 설명했다. 웃음소리만큼은 와하하 하고 울

리는 것이 그와 비슷하다고 생각했는데, 그것 말고도 내 얼굴에도 표정이 없는 줄은 생각지도 못했다. 원래 나는 참을성이 없는 감정적인 사람이라 울고 웃으면 표정이 격하게 드러나는 얼굴이었는데, 언제부터 이렇게 변한 것일까? 그러고 보니 최근에는 웃은 적도 울음을 터뜨린 적도 진심으로 감정에 지배된 기억도 없으며, 허무한 슬픔의 연기만 내 주변을 맴돌고 있는 듯했다.

"가면 장인이어서인지 희한한 곳에 주목하시는군요. 다행히 제가 신경쇠약이라 당신이 하는 이야기에 귀를 기울인 거지, 보통 사람이 들으면 미친놈의 잠꼬대인 줄 알 겁니다."

"알게 뭐요. 오늘 밤은 이왕 이야기한 김에 조금만 더 합시다."

"됐어요. 한심해서 싫습니다!"

나는 내 소매를 붙들려는 그의 팔을 거칠게 내쳤다.

"그런 말 말고, 딱 한 시간만 말 상대 좀 해줘요. 이런 일을 겪었으니 피곤하다고 이 가게에는 두 번다시 안 올 것 같은데. ……아쉬워서 그러지."

"물론 다신 안 올 겁니다."

"아이, 괜히 말했네!"

그는 엄청나게 낙담한 듯이 한숨을 푹 내쉬었다. 그 탄식 소리는 진심으로 안타까워하는 듯했다. 내용을 생각하면 화가 났지만, 낯선 남자가 나에게 그렇게나 열정적으로 관심을 가졌다니 터무니없이 기발하다고 느꼈다.

"당신이 무서워서도 오지 않겠지만 이제 곧 시골로 이사를 가거든요."

어쩌다 보니 사실대로 말하고 말았다.

"시골 어디요?"

"오다와라요."

나는 아래를 내려다보며 대답했다. 그는 제발 주소를 알려달라고 간곡히 부탁했다. 고향이긴 하지만, 아직 거주할 집은 정해지지 않은 상태라 나는 그 대신 역 앞의 서점 이름을 그의 수첩에 적어주었다.

이삼일 지나고 나는 오자키大崎의 집을 정리했다.

나는 마을의 변두리에 새로 얻은 집에서 기차로 한 정거장 떨어진 강변에 있는 농가 별채까지 왔다갔다 했는데, 역시나 공허한 날들이 이어졌다. 주변은 벌써 반딧불이 날아다니며 여름의 풍경을 수놓고 있었다. 나는 소설가라는 자의식을 버려야 한다고 생각했다. 비참하게도 겨울부터 봄까지 소설을 쓰려고 괴로워하며 두 편을 동시에 쓰다가 모두 실패했던 내 모습이 영사기를 돌린 듯 떠오르기만 했다. 나는 두세 권의 책과 손전등을 들고 매일 아침 일찍 강으로 나갔다가 딱 해가 질 때쯤 마을로 돌아왔는데, 농가 축사에서 말만 쳐다보다가 하루가 끝나는 일이 허다했다.

"어차피 아무것도 못 쓸 바엔 시간만이라도 잘 지켜서 건강을 되찾아야지."

난 정거장 벤치에 기대어 앉아 소리 내어 말해봤지만, 그런 여유 있는 한량 같은 행동은 한시도 허용될 수 없는 상태였기에, 마음을 가라앉힐수록 등 뒤에서 불어오는 매서운 바람 때문에 멀리 날아갈 것만 같았다. 의지가 없는 상태일수록 가슴속에서 이는 태풍은 현기증이 날 정도로 강력하게 불어댔다.

"아앗, 저기, 아, 역시 맞는군!"

어디선가 들려오는 목소리에 눈을 떠보니, 모자를 쓰지 않고 까맣고 구깃구깃한 겉옷 하나만 걸쳐 입고서 폭이 좁은 허리띠를 한 남자가 내 눈 위쪽에 고목처럼 떡하니 서서 눈도 깜박이지 않고 내 얼굴을 내려다보고 있었다. 그 가면 장인이었는데, 처음에는 잠시 그를 떠올리지 못했다.

"얼마나 찾아다녔던지……."

그는 손가방을 내 옆에 내려놓고 말했다.

"갑자기 꺼낼 얘기는 아니지만요."

그는 거취에 대한 고민이 많은 듯했다. 일단 일이 하나 마무리될 때까지 숙소든 뭐든 소개해달라고 부탁했다. 나는 즉시 말했다.

"제 월세방에 오시죠."

난 누군가에게 호감이 생기면 취기에 어마어마한 도량을 지닌 사람인 양 헛소리를 지껄이는 나쁜 버릇이 있었는데, 아마 이 사람에게도 엄청난 허풍을 떤 모양이라고 생각했다. 그때까지 도쿄에서 그를 만난 일을 기억하지도 못한 주제에 마치 옛 친구를 만난 것마냥 기쁨을 느꼈다.

"자, 그럼 같이 가시죠. 전 매일 아침 이 시간에 강변에 있는 작업실을 다니거든요."

이상하게 들뜬 상태로 기차표를 사고, 요새 아침은 늘 이 기차에서 파는 도시락을 먹는다는 이야기도 했다.

"시골에는 밤새 영업하는 그런 가게가 없어서 처음에는 많이 당황했지만……."

이렇게 나는 어디서도 해본 적 없는 많은 말을 쏟아냈다. 난 항상 몇 년씩 알고 지낸 사람이 아니면 관심이 없는 성향인데도, 비루한 그의 모습을 보면 볼수록 잘해주고 싶은 마음이 일었다.

"출발했나 싶으면 바로 다음 역에서 내려야 하거든요. 가모노미야鴨宮라는 역인데, 오실 때는 있는 줄도 몰랐을걸요. 그래서 어지간히 서두르지 않으면 밥 먹을 틈도 없어요. 하지만 전 이미 익숙해졌어요. 딱 기차가 멈추기 직전에 완벽하게 도시락을 해치우는 엄청난 짓을 하죠. 아주 깔끔하게……."

그딴 소리를 하는 사이에 밥 먹을 틈도 없이 다음 역에 도착했다.

"꼭 도시락을 먹지 않더라도 전 자취에는 익숙해요."

그는 고향을 멀리 떠나와 고독하다는 이야기를 했고, 지금 나를 만나기는 했지만, 밤에 잠을 못 자는 터라 가끔 유곽 쪽에 갔는데, 밖을 걸어 다니기만 했을 뿐 한 번도 가게에 들어가질 못했다……

"정말 그런 마음의 여유가 없다 보니……"

그는 내가 묻지도 않았는데, 계속 그런 변명 같은 소리를 해댔다. 오로지 눈만 반짝반짝 빛나는 남자였다. 나는 햇살 속을 걷는 그의 모습을 처음으로 제대로 지켜봤다. 상반신이 앞으로 조금 기울었고, 말을 할 때마다 가늘고 뼈가 튀어나온 어깨 끝을 기울여서 돌아보는데, 화가 난 사마귀와 비슷해 보였다.

"이 강변을 반 리나 걸어야 합니다."

"당분간 갓파° 신세가 되겠군요."

그는 한쪽에는 도시락통, 다른 한쪽에는 일 도구 가방을 든 양팔을 두 개의 초롱불이라도 든 것처럼

___

○ 河童, 일본의 전설에 등장하는 물속에 사는 어린아이 모습의 요괴. 늘 머리에 바가지를 얹고 있는데, 그 안의 물이 사라지면 죽는다고 한다.

들어 올린 채 밭길을 서둘러 앞서 걸었다.

내가 사는 별채는 마침 방이 두 칸이었기에 나는 원래 쓰던 남향 방으로, 그는 서향 방으로 갈라졌다.

나는 밤이 되어도 집으로 돌아가지 않는 날이 늘어났다. 그는 작업실에 처박혀서 가끔 홀로 까마귀 같은 웃음소리를 내곤 했다.

나는 장지문 너머로 그의 끌 소리를 들으며 밤새 책상 앞에 앉아 있었다. 일기를 쓰는 것 말고는 딱히 할 것이 없었다.

'R이 술에 거하게 취해 나타나 옆 마을의 찻집으로 나를 불렀다. 나는 술을 한 방울도 못 마시는 사람이다. R은 나를 보고 자살할 것 같아 무섭다고 했다.'

내 일기에 이런 내용이 쓰여 있었다. R은 삼촌이다.

'R이 차로 바래다주어 집에 돌아오니 옆방에서 끌 소리가 들렸다. 그 소리에 조급해져서 책상에 앉았지만, R에게 결국 할 말을 다 하지 못한 나약함만 이 떠올라서 실망스럽다. 가면 장인과 함께 여행을 떠나고 싶다.'

'R 숙모가 와서 울었다. R의 행실 때문이다. 숙모는 이미 오 년 전부터 R과 별거 중이라고 한다. K 마을에 있는 R의 집으로 숙모를 안내했다. 많은 친척 가운데 이렇게 다정한 건 너 하나뿐이라며 숙모는 길에서 계속 울었고, 나는 입술을 깨물었다. R의 집 앞에서 숙모와 헤어졌다. 다정하다는 말이 이렇게 애잔한 것이었나 생각하면 이유 없이 자포자기의 심정이 된다.'

'또 R이 왔다. 심하게 취해 있었다. 고민이 있으면 뭐든지 상담하라고 하는데, 남에게 말할 수 있을 만한 번민이란 없다. 그리고 여긴 내 작업실이니까 잔뜩 취해서 찾아오지 좀 마세요! 고작 이런 소리도 못 하는 건 왜일까.'

'작가 지망생이라며 술에 취한 사타 아무개라는 나이 든 마을 공무원이 나타나서 추상적인 자연주의 주장을 떠들어댔다. 너무 난잡해서 도저히 들어줄 수가 없었다. 전에 내가 술에 취했을 때도 그와 비슷했을까 봐 소름이 끼쳤다.'

'아내가 나를 만나러 와서 온갖 말로 잔소리를 퍼

부었다. 왜 이렇게 많은 사람과 인연을 끊지 못하느냐는 것이었다. 내게 생활력이 없는 것은 그간 너무 나약하고 해이하게 산 탓이라며 비난을 멈추지 않았다. 많은 사람이 나를 너무 멸시하는데 그러한 무리 사이로 다시 돌아가려는 내가 한심하다며 아내는 엉엉 울었다.'

'R 숙모가 왔다. 일전에 내가 R을 집에 데려다준 후 R의 행방이 묘연하여 아직 만나지 못했다고 한다. 내가 여기서 지내라고 했지만, 말과는 다른 싸늘함을 느낀 것인지 거절하고 밤늦게 마을로 돌아갔다. 연극 주인공과 비슷한 주눅 든 모습이었다.'

'K 이모가 와서 나와 내 어머니가 함께 사는 것이 좋겠다고 권했다. 어머니는 이제 늙어서 힘을 잃어 자식이 돌아오기만 기다린다고 하는데, K 이모의 말은 믿기 힘든 구석이 있다. R 숙모가 해준 이야기와는 반대였다. R 숙모 이야기로는 K 이모가 한 말은 대개 우리 어머니의 의지와는 달랐다. K 이모는 오히려 나를 조급하게 만들었다. (이하 다섯 줄 삭제. 필자) 물론 나는 집안이 단란하기를 바란다. 하지만 이 마음속의 어머니를 존경할 수 없는 불행하고 두려운 외로움의 (이하 네 줄 삭제. 필자) 어차피 난 어머니를 방치할 만큼 방랑벽이 있지는 않을 것이다. 사그라들기를 기다렸다가 내가 나서서 부양의 의무를 다하고 싶다.'

일기에 적힌 내 말들은 어디를 펼쳐 봐도 참담하기 그지없었다.

어느 날 가면 장인은 R이 사준 술을 마시고 취해서 비틀거리며 돌아왔다.

"뭐든지 취향에 맞는 가면을 만들어서 보여줄게요. 그건 꼭 하나, 지금까지 신세 진 답례로 선물하고 싶군요."

"아, 고맙지만 받아도 어디 쓸 데도 없고. R이 많이 도와준 것 같은데 그쪽에 파는 게 낫지 않을까요?"

"아뇨, 아뇨." 그는 손을 공손히 내리고 고개를 저었다. "꼭 이 방에 내 작품을 하나 남기고 가고 싶어서 그렇습니다."

그가 그런 얘기를 장황하게 늘어놓기 시작하자

난 갑자기 짜증이 나서 퉁명스럽게 말했다.

"R 집에 가세요. 전 아무래도 혼자가 아니면 일에 집중이 안 될 것 같습니다."

기억이 정확하지는 않지만 그의 말에 아까부터 빈번하게 R 씨, R 씨라는 이름이 등장하고 있었다.

"내가 있으면 방해가 됩니까?"

"지금까지는 신경 쓰지 않았는데요. 하지만 만약 방해가 된다 해도 딱히 갈 곳이 없다면 그런 소리를 않겠지만, R과 그렇게나 이야기가 잘 통한다면 당신도 그 집에 가야 운이 트일 수도 있어요."

"이상한 소리 하지 마세요. 나는 꼭 여기서, 하나만큼은 완성을 해서 댁에 놓고 가야 직성이 풀릴 것 같습니다."

"전 가면이 필요 없어요."

이럴 때 답례를 하겠다는 식으로 이야기를 하면 내가 당해낼 도리가 없다.

"필요 없어도 나는 꼭 놓고 가야겠습니다."

그는 끝까지 고집을 부렸다.

"......"

제멋대로 가면을 두고 갈 것이라 생각하니 너무 짜증이 났다.

"안 그랬으면 좋겠는데요. 전 어릴 때부터 가면이 무서웠다고요."

"그러니까 취향에 맞는 걸 얘기해주면……."

"집요하시네요. 취향이고 뭐고 없습니다. 제가 하는 말을 모르시겠어요? 전 가면이 싫단 말입니다."

"그렇게 단칼에 잘라버리다니. 내가 가면 장인이라는 걸 알 테고, 지금까지 이곳에 재워줬지 않습니까. 갑자기 그런 소리를……."

그는 갑자기 실망스러운 기색이었다. 선물을 주겠다는데 선물 따위 싫다고 사절하는 내 고집도 고약한 부분이 있었지만, 계속 저렇게 나오니 나도 점점 고집이 생겨서 기분 나쁜 걸 넘어 맞서야 할 듯한 기분이 든 것이다. 뭘 만들 작정인지는 모르겠지만, 여러 생김새의 가면을 상상하다 보니, 그게 무슨 종류든 내 물건이 되면 단 하루일지언정 괜한 인연을 만들어서 죽을 때까지 추억거리로 삼을 것 같은 참을 수 없는 거북함을 느꼈던 것이다. 그날 아침 정거장에서 그와 만나고 벌써 한 달이나 되었는데, 지금껏 그라는 인물에게 무심코 친밀감을 느꼈던 내가 이제는 다른 사람의 꿈처럼 뒤바뀐 것이 스스로도 신기했다.

"암튼 원하는 걸 말해보세요." 그는 고집스레 앉아 있었는데 술을 어지간히 마셨는지 오뚝이처럼 몸이 점점 앞으로 쏠리고 있었다. "말할 때까지 안 움직일 겁니다."

"나 원 참……."

나는 큰 소리를 냈다. 이렇게 곤란하고 이렇게 지나치며 게다가 쓸데없이 의미심장한, 이 무슨 난감한 짓인지 짜증이 났지만, 그가 내 눈앞에서 쏘아대고 있는 꼿꼿한 시선을 보니 어쩐지 거스를 수 없는 칼끝 비슷한 것에 찔린 듯해 아무런 말도 나오지 않았다.

그래서 나는 대놓고 내뱉었다.

"저도 하루빨리 소설가로 되돌아가야 한다고요. 쓸데없이 너무 지체된 것 같네요."

"나도 이제야 작업이 흐름을 탄 참입니다."

그도 대꾸했다.

밤이 되면 주변은 그야말로 새까만 밤이 되었고, 이곳은 R이 취한 소리를 내며 들어오지 않는 이상 사람 소리를 들을 수 없는 콩밭 구석이다. 나는 암흑 속에서 빛을 뿜으며 날아다니는 반딧불을 세어보았다. 가까운 가족들의 얼굴이 몇몇 떠올랐다. 그 중에는 이미 이 세상에 없는 사람들의 멍한 얼굴이 생생한 가면이 되어 섞여 있었다.

나는 가면 장인의 솜씨로 만들어질 이런저런 가면을 눈앞에 그려보았다. 그리고 사람들의 있는 그대로의 지루한 얼굴 대신 가면이라는 것의 절대적으로 과장된 표정이 지닌 괴이한 아름다움에 놀랐다. 내 작풍은 굵은 선을 바탕으로 해학의 단계가 선명히 드러났으면 좋겠어! 밤하늘을 지긋이 올려다보았다.

"엄청난 반딧불이군요!"

또 내 얼굴만 관찰하고 있었나 싶어 불쾌해질 참이었는데, 그는 아름다운 반딧불의 모습에 혀를 내두르며 감탄한 모양이었다.

옮긴이의 말

그리스 마키노, 속박과 자유 사이를 떠돌다
— 마키노 신이치에 대하여

마키노 신이치는 일본에서도 그다지 인지도가 높은 작가는 아니다. 그러나 여러 문인에게 인정받는 데서 알 수 있듯이 일본 근현대문학사에서 독특한 존재감을 품은 작가라는 점은 분명하다. 그를 대표하는 수식어는 '그리스 마키노'인데, 1896년에 태어난 일본인 작가에게 붙은 애칭치곤 특이하다.

일본의 속박, 미국의 자유

마키노의 아버지는 아들이 태어난 다음 해 홀로 미국으로 건너갔다. 당시 오다와라 지역에 미국 이민 열풍이 불었다고 하지만, 방랑자 기질을 타고났는지 아니면 지방 소도시의 답답한 삶을 견디지 못했는지, 마키노의 아버지는 십 년간 돌아오지 않았다. 아버지와 교감하지 못한 채 유년 시절을 보낸 마키노에게 아버지가 보내주는 편지와 사진, 동화책, 망원경은 아버지와 자신을 잇는 유일한 연결고

리였다. 낯설고도 신기한 물건을 접하면서 마키노는 자연스레 미국으로 건너갈 자신을 상상하며 영어 공부에 매진했다.

소학교 교사로 일한 마키노의 어머니는 매우 엄격했다. 남편 대신 집안을 책임지느라 자녀 양육을 조부모에게 맡겼지만 유독 교육만큼은 엄격했다. 이런 어머니 아래 마키노는 소학교 시절부터 작문 숙제는 물론 편지 같은 사소한 글도 호되게 지적받았다. 내용 역시 어머니의 눈을 피할 수 없었다. 마키노는 어린 시절부터 '왜 내가 생각하고 느낀 것을 그대로 쓰면 안 되는가? 정해진 형식에 맞춰 미사여구를 동원하여 쓴 글이 무슨 의미인가?'라는 근원적 의문을 품게 되었다.

그러한 부담으로부터 해방된 것은 희한하게도 아버지 덕분이었다. 1905년, 할아버지가 돌아가시며 아버지가 귀국했다. 무려 십 년 만이었다. 그러나 부부는 함께 살지 않았다. 처음에는 사진 속 얼굴로만 기억했던 남자를 '아버지'라 부르는 것도 어색했다. 그러나 아버지 집에 가면 늘 미국인 친구가 있었다. 그들과 대화하는 시간과 더불어 마키노는 아버지와 가까워졌다. 일본어로는 표현이 갑갑하게 느껴졌던 감정이 영어로는 쉽게 전달되는 기분이었다. 마키노 부자도 영어로 대화를 나누었다.

이처럼 마키노의 생각과 감정은 어머니와 일본어로 대화할 때는 속박당하다가 아버지와 영어로 대화할 때면 해방되었다. 이러한 유년 시절의 경험은 작가 마키노 신이치의 바탕이 되었었다. 다른 이들보다 조금 늦게 출발했던 작가 활동에 큰 영향을 미쳤음은 물론이다.

사소설, 환상소설, 다시 사소설

마키노 신이치의 작품 활동은 크게 세 단계로 나뉜다. 초기 사소설, 중기 환상소설, 후기에 다시 사소설로 복귀하는 흐름이 그것이다. 와세다대학에 진학하며 도쿄로 올라온 마키노는 동료들과 함께 문학에 대한 열정을 불태운다. 그 시절, 그는 다니자키 준이치로谷崎潤一郎의 탐미주의 소설에 흠뻑 빠진다.

1919년에는 대학 동문과 창간한 동인지 『13인
十三人』에 단편소설 「손톱爪」을 발표하는데, 이것이
일본 낭만주의·자연주의 문학을 대표하는 작가 시
마자키 도손島崎藤村의 눈에 들었고, 그의 소개로 이
듬해 잡지 『신소설新小説』에 「볼록거울凸面鏡」을 발표
하며 등단한다. 이 단편선의 표제작 「손톱」도 다니
자키의 영향을 받은 소설로, 미치코와 대화하며 자
의식이 움직이는 모습을 예민하게 그려낸 수작으로
평가받는다.

중기에는 아버지의 죽음, 결혼, 간토関東 대지진,
프롤레타리아 문학의 융성 등 환경적 요인과 맞물
려 신경쇠약 증세가 심해지며 고향 오다와라로 돌
아온다. 그리고 이때가 그의 작품 활동에 커다란 전
환점이 된다. 1927년 발표한 「수박을 먹는 사람西瓜
を喰ふ人」을 기점으로 환상문학의 절정을 보여주며
이른바 '그리스 마키노'가 탄생한 것이다.

이 시기, 마키노는 상상의 공간 또는 오다와라를 배경으로 현실인지 꿈인지 알 수 없는 분위기가 깃든 작품을 남겼다. 단편선에 실린 「제론ゼーロン」은 작품에 동원된 여러 요소에서 『돈키호테Don Quixote』가 떠오른다. 오다와라에 있는 지명을 쓰고 있지만, 배경에서는 중세 유럽 느낌이 풍기고, 숲속의 도적에 관한 설정이나 마키노 동상으로 인해 벌어지는 사건 역시 일본의 전래동화와 유럽 동화를 뒤섞은 듯한 오묘한 느낌을 준다.° 이러한 '그리스 마키노' 시절을 두고 문예평론가 호리키리 나오토堀切直人는 "마키노를 평생 괴롭혔던 잠재적 광기가 창조적 요소로 전환되어 바닥을 기었던 그의 정신을 빛나는 경지로 끌어올렸다"고 평가한다.

그러나 솟구친 에너지는 결국 가라앉는 법. 후기에는 다시 신경쇠약 증세가 재발하고, 경제적 궁핍과 아내와의 별거가 겹치며 작품 스타일에서 예민

° 마키노 동상 또한 실존한다. 마키노의 친구 마키 마사오牧雅雄가 제작한 동상은 현재 오다와라시 향토문화관에서 소장하고 있다.

함이 두드러진다. 「박제剝製」 「병세病状」 등 초기보다 더욱 신경이 곤두선 묘사로 일관한 작품에서 후기 마키노의 초상을 엿볼 수 있다. 그중에서도 「병세」는 글을 써야 한다는 압박, 예민한 감성, 심한 감정 기복 등 마키노 자신의 삶을 투영한 듯하다.

문학을 위한 삶

이렇듯 마키노의 인생은 속박과 자유의 끊임없는 갈등으로 점철되었고 끝내 자살로 마감되었다. 당연히 작품 역시 그의 고민과 함께 움직였다. 시마자키가 마키노를 알아본 것처럼 마키노가 문단으로 이끌어준 덕분에 훗날 문호의 반열에 오른 작가 사카구치 안고坂口安吾는 마키노를 위한 추도문에서 다음과 같이 말했다.

마키노는 인생을 꿈으로 바꾼 작가다. 그의 가장 큰 꿈은 문학이었다. 우리가 흔히 인생이라고 부르는 것이 그에게는 문학을 섬기는 것이었다. 그를 위해서는 당연히 특수한 설계가 필요했다. 정작 그는 자신의 인생이 문학을 위한 삶이자 특수한 설계를 거친 인생임을 깨닫지 못한 채 살았다. 그의 자살마저도 본인은 깨닫지 못한 '자기만의 문학'으로 '복귀'한 '섬기는 자'의 행위였다. 그의 문학이 설계한 인생에 따르자면 그는 가난해야 했고, 그럼에도 불구하고 밝아야 했다.

— 사카구치 안고, 「마키노 씨의 죽음牧野さんの死」, 『작품作品』, 1936. 5.

그래서일까. 사카구치 안고는 마키노의 죽음을 크게 슬퍼하지 않았다. 여러모로 괴로운 인생이었지만, 마치 문학의 신이 안배한 듯한 삶이었기 때문이리라. 이번 단편선에는 마키노 저작 활동의 각 시기를 대표하는 단편을 실었다. 재미있게 읽어주시기를.

안민희

참고

위키피디아 일본 '마키노 신이치', '제론'

오구라 슈조小倉脩三, 「마키노 신이치론(Ⅰ)牧野信一論(一)」,
『세이조문예成城文藝』, pp. 1-14, 1970. 3.

오구라 슈조, 「마키노 신이치론(Ⅱ): 초기 작품의 세계牧野
信一論(二): 初期作品の世界」, 『세이조문예』, pp. 7-17, 1972. 1.

작가 연보

마키노 신이치

<u>1896년(1세)</u> 11월 가나가와현 오다와라에서 아버지 히사오
久雄와 어머니 에이エイ 사이에서 태어났다.

<u>1897년(2세)</u> 아버지 히사오가 홀로 미국에 건너갔다. 마키노
는 소학교 교사인 어머니 대신 조부모의 손에서 자랐다.

<u>1903년(8세)</u> 소학교 입학. 아버지에 대한 그리움과 아버지가
있는 미국에 대한 동경으로 영어를 공부했다. 당시의 감정이
마키노 문학의 근저에 늘 자리한다.

<u>1905년(10세)</u> 조부의 사망으로 아버지가 귀국했지만 함께 살
지는 않았다. 마키노는 아버지 집에 가면 영어로 대화했다고
한다.

<u>1909년(14세)</u> 중학교 입학. 평생 우정을 나눈 스즈키 주로鈴木
十郎를 같은 반으로 만났다. 그의 기억에 따르면 마키노는 영
어를 잘하고, 용모와 행동이 멋졌다고 한다.

<u>1914년(19세)</u> 와세다대학교 입학.

<u>1916년(21세)</u> 같은 대학에 입학한 친구 스즈키와 함께 창작
의욕을 불태웠다. 다니자키 준이치로의 소설을 즐겨 읽었다.

1919년(24세) 와세다대학교 영문학과 졸업. 11월, 대학 동문 13명과 함께 동인지 『13인』을 창간하고, 익월 잡지에 「손톱」을 발표했다. 이 소설이 시마자키 도손에게 인정받으며 이름을 알렸다.

1920년(25세) 시마자키 도손의 소개로 잡지 『신소설』에 「볼록거울」을 발표하며 문단에 데뷔했다. 훗날 아내가 되는 스즈키 세쓰鈴木せつ를 만난다.

1921년(26세) 「멍청한 생각痴想」 등 여러 작품을 발표하며 신진작가로 인정받는다. 세쓰와 결혼한다.

1923년(27세) 「지구의地球儀」 등 작품 활동을 이어가다가 간토 대지진이 발생하자 고향으로 돌아간다.

1924년(28세) 아버지 히사오 사망. 첫 작품집 『아버지를 파는 아이父を売る子』를 출간하고 좋은 평가를 받았다.

1927년(31세) 「수박을 먹는 사람」 등으로 활발한 활동을 펼쳤지만, 신경쇠약으로 고생한다.

1928년(32세) 플라톤, 아리스토텔레스 등의 철학서를 비롯해

『돈키호테』『파우스트』 등의 문학작품을 독파하며 왕성한 독서 생활을 이어갔다. 이 시기 작품의 스타일에 변화를 시도한다.

1930년(34세) 「바구니와 달빛吊籠と月光」「서부극 통신西部劇通信」 등을 발표했다.

1931년(35세) 「제론」「심상풍경心象風景」 등 걸작을 발표하며 '그리스 마키노'라는 별명을 얻는다. 가장 왕성하면서도 의미 있는 활동을 펼친 시기로 기록된다.

1932년(36세) 「술 도둑酒盗人」 등을 발표했다. 그러나 신경쇠약 증세가 재발한다.

1934년(38세) 「병세」「박제」 등을 발표했다. 작품 분위기가 다시 어두워진다.

1936년(40세) 아내 세쓰와 갈등을 겪다가 별거한다. 불면증과 신경쇠약에 시달리면서도 자선 작품집을 발표하며 활동을 이어갔지만, 3월 24일 자택에서 스스로 생을 마감한다.

손톱

초판 1쇄 발행 2024년 7월 31일

지은이 마키노 신이치
옮긴이 안민희
펴낸이 윤동희
펴낸곳 북노마드

편집 안강휘
디자인 석윤이
제작 교보피앤비

출판등록 2011년 12월 28일
등록번호 제406-2011-000152호
문의 booknomad@naver.com

ISBN 979-11-86561-88-1 04830
      979-11-86561-56-0 (세트)

www.booknomad.co.kr

북노마드